Guy de Po

Marins d'eau douce

Roman

 Le code de la propriété intellectuelle du 1er juillet 1992 interdit en effet expressément la photocopie à usage collectif sans autorisation des ayants droit. Or, cette pratique s'est généralisée dans les établissements d'enseignement supérieur, provoquant une baisse brutale des achats de livres et de revues, au point que la possibilité même pour les auteurs de créer des œuvres nouvelles et de les faire éditer correctement est aujourd'hui menacée. En application de la loi du 11 mars 1957, il est interdit de reproduire intégralement ou partiellement le présent ouvrage, sur quelque support que ce soit, sans autorisation de l'Éditeur ou du Centre Français d'Exploitation du Droit de Copie , 20, rue Grands Augustins, 75006 Paris.

ISBN : 978-3-96787-386-3

10 9 8 7 6 5 4 3 2 1

Guy de Pourtalès

Marins d'eau douce

Roman

Table de Matières

Préface	7
Chapitre I	8
Chapitre II	10
Chapitre III	14
Chapitre IV	16
Chapitre V	23
Chapitre VI	27
Chapitre VII	30
Chapitre VIII	35
Chapitre IX	42
Chapitre X	45
Chapitre XI	57
Chapitre XII	60
Chapitre XIII	63
Chapitre XIV	67
Chapitre XV	72
Chapitre XVI	77
Chapitre XVII	81
Chapitre XVIII	83
Chapitre XIX	87
Chapitre XX	90
Chapitre XXI	94
Chapitre XXII	97
Chapitre XXIII	101

À la mémoire d'Adolphe Chenevière et au poète Jacques Chenevière son fils, mes amis très chers.

G. de P.

« Methought the billows spoke… »
(Shakespeare.)

Préface

Ce petit livre est vieux de presque vingt-cinq ans. Écrit au sortir de l'enfance par l'enfant que je croyais ne plus être, il me semble avoir gardé une sorte de candeur, de gratitude tendre, de douceur de ton qui lui valurent naguère la faveur d'un public encore sensible à un certain plaisir de vivre.

Depuis ces temps assez lointains, le XIXe siècle est mort dans son pantalon à carreaux, ses gilets de piqué blanc et son lyrisme sentimental. L'ancienne Genève patricienne, scientifique, universitaire, s'est dépeuplée au profit des grandes banques et de la S.D.N. Les vieux visages calvinistes qu'on y voyait dans la Ville-Haute, les aïeules en bonnet de dentelle, nos oncles musiciens et bicyclistes, les belles maisons nobles dans leurs parcs, les "chaloupes" qu'on se léguait de père en fils, les landaus de famille, les jeunes filles aux cheveux tressés, tout cela a disparu du paysage romand. Le lac lui-même, dont ces pages cherchaient à fixer les traits, a changé de figure. Les barques décoratives qui voyageaient à sa surface y ont cargué pour toujours leurs voiles triangulaires. Comme sur les canaux de Venise, le bruit, la vitesse et les mécanos ont remplacé la promenade silencieuse des poètes et des "bakounis".

Ce récit m'apparaît donc aussi désuet dans son fond que par sa formée. Mais c'est vainement que je tenterais de le rafraîchir et je renonce à y rien changer. Puisque son éditeur nouveau le veut remettre au jour, qu'il le prenne tel que le voilà sorti du camphre et de la malle aux vieilleries. Peut-être se trouvera-t-il encore quelque adolescent pour s'en amuser un instant, comme nous nous amusons en voyant reparaître à l'écran les modes de 1900.

Que peut-on aimer de soi vingt ou trente ans plus tard ? Ce qui nous saute aux yeux d'abord, c'est notre maladresse, notre comique, notre *sincérité appliquée et les premiers méfaits de la littérature. Quelle déception ! Mais peu à peu nous nous retrouvons. Nous nous reconnaissons. Nous découvrons ce que, sans le savoir – et là, précisément, où nous n'y pensions pas – nous avons livré de notre secrète réalité.*

G. de P. 1934.

Chapitre I

J'étais petit. J'avais douze ans. Qu'il me semblait large, alors, le lac… plus vaste que la mer et plus profond.

Sur les géographies, nous le savions, on l'appelle le Léman. Mais pour nous il était le lac de Genève, parce que Léman ne signifie rien, tandis que Genève est la ville que nous connaissions et dont nous apercevions, là-bas, les toits brillants. Le lac était notre grand ami des jeudis et des dimanches. Nous n'aimions guère la montagne, ni les promenades, ni l'hiver, ni les jours de pluie, parce que toutes ces choses nous privaient de lui. Il était le camarade de nos journées heureuses.

Je savais bien toutes ses couleurs.

Quand souffle le « séchard », il est bleu ; il est vert par le vent du sud, noir par le « joran », mauve par les soirs de calme et rose quelquefois, très tôt le matin.

C'est une toute petite brise du nord que le séchard. Il apporte les journées légères de beau temps. Tout de suite le lac se couvre de voiles. On voit des pêcheurs dans leurs canots, immobiles pendant des heures. On voit, sur l'autre rive, le vieux Mont-Blanc derrière les Voirons. Des barques remontent vers le Haut Lac. Les fumées s'en vont presque droites dans le ciel et seules les feuilles des peupliers et des saules remuent un peu. Le séchard vous jette au nez toutes les odeurs qui traînent sur le rivage, des odeurs de poisson, d'herbes mouillées, de foins coupés, des odeurs de lac et de village.

Ces journées bleues, grand-père les appelait : « la belle saison des amours, » lorsqu'il chantait un vieux refrain que grand'mère n'aimait pas. Et moi aussi, comme lui, j'aimais tout le monde ces jours-là, même Jules, le jardinier, qui nous donnait la chasse à travers le potager.

Le vent du sud est un mauvais vent. Il attire les nuages du fond de l'inconnu, les amoncelle derrière le fort de l'Écluse, puis les étend sur notre ciel comme de vieilles nippes sordides qui, par endroits, se défont en longues bandes de pluie. Et le « joran » est un coup d'air qui tombe du Jura, un « grain » brusque, saccadé, colère, inquiétant, soulevé sans qu'on sache pourquoi, s'abattant sur le lac en plaques méchantes, et disparu tout à coup, sans plus de rime ni de raison.

En automne, par exemple, le soir, on entendait subitement le vent dans la cheminée. Un volet tapait contre le mur, on fermait vite les fenêtres partout et, dehors, les feuilles sèches s'envolaient ; on en trouvait tout le long du couloir, au premier étage, et jusque dans les chambres.

« Voilà, disait grand-père, le temps qui se gâte. »

Et toute la nuit le vent sifflait sous les portes et faisait grincer les girouettes. Le lendemain matin je courais au bord du lac. Il fallait le voir alors se ruer contre les murs, contre l'enrochement du port, contre la grève. Il crachait ses vagues par-dessus *l'Ibis,* la chaloupe de grand-père, qui roulait d'un côté de son ventre à l'autre, en montrant sa quille rouge. Et les deux matelots, Honoré et Filion, venaient aussi, se tenaient immobiles au bout du pont, les mains dans leurs poches, à regarder vers le large. Quelqu'un, parfois, disait que notre lac ressemble à la mer. Mais je n'en croyais rien parce qu'elle est dangereuse, rancunière et terrible. Elle engloutit des navires et noie des pêcheurs qui s'éloignent du bon port hospitalier, tandis que le lac offre partout l'abri de ses golfes, et chacun peut mouiller son ancre où bon lui semble, chez grand-père ou chez ses voisins qui prêtent volontiers leurs bouées et leurs amarres.

« Le lac est notre bien commun, et nous tous, les riverains, nous partageons ses plaisirs et ses dangers. »

Mon aïeul disait encore qu'entre marins tous sont égaux. C'est pourquoi il serrait parfois la grosse main carrée de Filion ou la main dure d'Honoré et celles de tant d'autres hommes qui tirent sur les cordes, et il leur donnait des pièces d'argent pour aller boire un coup au cabaret du village. J'aurais bien voulu les suivre au *Café du Raisin,* siroter du vin blanc comme eux et les entendre raconter des histoires. Mais souvent je ne comprenais pas les mots qu'ils disaient, ni pourquoi ils riaient, ni pourquoi ils tenaient tant à débarquer, moi qui eusse vécu sur les barques.

Je regardais passer leurs voiles pointues et leurs coques noires. Le soir venait.

Il était là encore, le gamin, sur la rive, mêlé aux choses, aux couleurs, au silence. Les pêcheurs, un à un, s'en allaient. Il écoutait sonner la cloche du dîner. Alors il remontait par les pelouses, regagnait la maison dont le toit, parmi les arbres, faisait une tache grise. Il se retournait. Une vitre brillait à Genève. L'eau était plate, calme, le vent enfui vers le Haut Lac d'où il ne reviendrait que demain. Et le cœur de l'enfant s'envolait à la rencontre de la nuit, de l'obscure et proche nuit où crieraient les chouettes, où glisserait la lune, où il goûterait, sous les draps, des terreurs délicieuses.

Chapitre II

La maison était vaste et claire parmi l'ombrage : deux étages, une terrasse avec un escalier à double évolution et des fleurs sur toutes les marches, à droite et à gauche, qui la soulignaient d'un large galon rouge, à cause des géraniums éclatants. Par devant, dans les champs, des groupes d'arbres espacés, aérés, travaillés par le soleil, se développaient librement et s'arrondissaient comme des bouquets ; plus loin le lac, et, sur l'autre côté, bleuissaient les montagnes de Savoie. Par derrière, la cour plantée de marronniers, les bâtiments de la ferme, le domaine rural avec ses blés, ses avoines, ses bois et l'horizon que barre la ligne uniforme du Jura. De tout ce bien grand-père était le maître, ensuite grand'mère, M. Florent, enfin nous deux, Edmond et moi.

Comme les souvenirs d'enfance sont précis ! J'observe que l'image de mon grand-père habite la plupart. Sa bonne figure se promène dans ma mémoire. Elle est vieille, douce, et ne change point. Je ne l'ai jamais vue triste ou méchante. Les punitions que nous infligeait grand-père étaient petites, vite oubliées et suivies de récompenses, car il craignait d'être sévère. « Il vous gâte », avait-on coutume de nous dire ; mais je n'en crois rien ; il ne nous gâtait pas, il nous aimait.

Grand-père s'était marié jeune. Comme il caracolait à cheval, un beau matin, il vit venir sur la route une berline. Deux dames l'occupaient, une vieille et une jeune. La jeune n'était pas jolie, mais mignonne, paraît-il, et ses cheveux lourds, partagés par une raie blanche, ses yeux tendres et toute sa fraîche personne plurent extrêmement à grand-père. Il galopa auprès de la portière et salua les deux dames. Un an plus tard il se mariait et cette jeune demoiselle devint ma grand'mère. C'est elle qui m'a conté la chose ainsi et je n'en sais pas plus long.

Mais grand'mère, telle que je me la rappelle, ne ressemblait plus à cette aimable fille aux cheveux lourds qui s'en venait dans une berline. C'était une vieille dame bien fatiguée. Elle avait le souffle court et quittait rarement le salon. Cependant elle gardait pour son mari une admiration toujours vive et un dévouement quotidien. J'aimais à les voir ensemble et je suppose que mon propre bonheur était comme une miette du leur.

Oh ! qu'elle me plaisait, notre ancienne demeure ! Je nichais sous les toits, dans une chambre mansardée. Ma fenêtre s'ouvrait au beau milieu des tuiles chaudes que je pouvais toucher en allongeant le bras, et les gouttières étaient remplies de feuilles sèches. Je voyais le lac aussi, jusqu'à la pointe d'Hermance, et je savais quel vent soufflait d'après les voiles des barques. La nuit, j'entendais courir les rats dans le grenier proche et, le jour, j'y montais pour regarder les chauves-souris suspendues aux poutres, la tête en bas.

À côté de ma chambre était une pièce mystérieuse. Seule grand'mère y entrait quelquefois et c'est elle qui en gardait la clef. Il y avait deux ou trois caisses là-dedans, couvertes de poussière et remplies de vieilles lettres étranges. Elles n'avaient pas d'enveloppes ; on les avait pliées d'une certaine manière et scellées avec un cachet de cire. Grand'mère en prenait une au hasard, se mettait à la lire, et cette lecture l'absorbait si bien qu'elle n'entendait même pas mes questions. Moi aussi j'en lisais quelquefois une, au hasard, mais avec peine à cause de l'écriture difficile et presque effacée. Lorsqu'elle s'en apercevait, grand'mère s'écriait : « Veux-tu laisser cela… » puis : « Il faudrait absolument mettre en ordre ces paperasses. » Nous repartions en tournant deux fois la clef dans la serrure et l'on n'y revenait guère que l'année suivante. Mais les caisses n'avaient pas bougé de place et personne n'avait mis d'ordre dans les paperasses.

Tout au bout du couloir se trouvait le laboratoire. C'était le sanctuaire de grand-père et il s'y enfermait des après-midi entiers avec

M. Landrizon, son secrétaire, pour faire des expériences. Je n'y fus jamais admis. Mais il y est resté des cahiers couverts de formules fiévreusement consignées et révélatrices encore du trouble, des surprises, des espoirs qu'elles apportaient. Il y a vingt ans ! Le moindre cuistre, aujourd'hui, rirait de ces pauvres cahiers !

À la fin de ses journées de miracle, le vieillard descendait à la bibliothèque avec des feuilles couvertes de chiffres. Sa table en était encombrée.

J'avais aussi ma table dans la bibliothèque. J'y faisais mes devoirs. Mais j'y venais surtout pour lire, car les livres étaient mes amis. Grand-père en possédait des milliers, rangés le long des murs, du plancher au plafond. Rien ne me semblait plus plaisant que leurs dos bariolés. Il y en avait des bruns, des bleus et des rouges. Les plus gros se trouvaient tout en bas. Ils étaient imprimés en caractères anciens que je ne lisais pas bien. Au-dessus se trouvaient les auteurs latins, cuirassés de veau brun ou de vélin. On peut dire que c'étaient de vieux livres, mais grand-père les préférait à de plus riches ouvrages et il les maniait avec un soin pieux et tendre. Parfois il en ouvrait un au hasard. S'il tombait sur un passage favori, il se tournait vers moi, le déclamait d'une voix bien rythmée, en agitant le volume au bout de son bras et il me fallait traduire. Quand je n'y parvenais pas assez vite, il se fâchait et me traitait d'âne bâté. Alors il me l'expliquait lui-même en me faisant observer les images et goûter les métaphores.

En unquam patries longo post tempore fines,
Pauperis et tuguri congestum cespite culmen,
Post aliquot, mea regna videns, mirabor aristas...

Les bibliothèques ont une âme douce et secrète. Elles sont comme des cités à la fois mortes et vivantes ; on les visite ; on regarde passer des peuples de fantômes ; on sent fuir entre ses doigts les siècles. J'ouvrais un livre ; je le fermais. L'odeur des livres flottait comme un encens subtil. Souvent je m'installais dans l'ombre, sur un fauteuil, et je n'étais pas sans inquiétude en ouvrant les volumes : ne s'en échapperait-il pas quelque esprit, tout indigné de ma jeunesse téméraire ?

C'est aussi dans la bibliothèque que nous faisions de la photographie. Un jour grand-père était revenu de la ville avec une sorte de boîte noire, carrée, se tirant par devant comme l'harmonica d'Honoré et portant un gros œil de verre. Grand'mère hocha la tête et grand-père, dès le lendemain, se mit à tout photographier : la maison, le parc, la ferme, le jardin potager, l'*Ibis,* les poules dans leur poulailler et les vaches à l'abreuvoir. Il m'a dit maintes fois qu'un arbre n'était réellement admirable qu'en photographie. Il avait plus de plaisir à feuilleter son album qu'à regarder ses bêtes lorsqu'on les menait boire, ou sa maison éclatante entre les marronniers. Le plus humble objet prenait de l'importance, avait son relief. Il découvrait à l'instant ses lumineux contours, son ombre favorable, et il s'étonnait d'y avoir pu demeurer si longtemps insensible. Nous développions le soir, après le dîner. Je préparais les trois cuvettes, l'une pour le révélateur, la seconde pour l'eau, la troisième pour l'hyposulfite. Grand-père se hâtait. Il saisissait la première plaque, d'un blanc laiteux, anonyme et sans vie ; j'agitais la cuvette. Brusquement, à la surface polie apparaissait une tache, puis une autre, et nous nous penchions, anxieux, essayant de reconnaître l'image.

« C'est le sentier au bord du lac… Non, c'est Filion… Eh ! l'oncle Paul ; regarde sa barbe et son chapeau à larges bords ! »

Alors un plaisir aigu nous pénétrait à voir le portrait, de seconde en seconde plus détaillé, naître à son inverse ressemblance : les lèvres blanches dans un visage noir, les yeux blanc aussi, les narines comme deux blanches virgules, la barbe neigeuse et soignée de mon oncle transformée en une sombre broussaille. Triomphalement nous allions montrer la plaque à grand'mère. Elle nous recevait mal.

« Voyons, Charles, c'est ridicule ! Vous faites d'affreuses taches partout ; ce garçon en couvre ses vêtements et vous abîmez les parquets ! »

Mais grand-père se moquait bien de cela.

« Tiens, regarde… »

La vieille dame finissait par mettre ses lunettes et déclarer que jamais l'oncle Paul n'avait ressemblé à un nègre, que depuis belle lurette ses cheveux étaient blancs.

« Ma bonne, je te l'ai expliqué vingt fois, les plaques sont des négatifs et les négatifs montrent le contraire de ce qui est. »

« Alors comment veux-tu que j'y comprenne quelque chose ! » Et grand'mère reprenait sa broderie.

Chapitre III

On nous disait que la vérité est une et toute nue. Je ne fis pas longtemps à en douter. Je reconnus vite qu'il en existe de grandes et de petites. Les grandes, on nous les enseignait ; les petites, je les découvrais moi-même. Ainsi, parmi les grandes :

Nous sommes tous égaux devant la loi.

Grand-père est aussi sage qu'il est vieux.

Notre maître, M. Florent, est un homme de grande valeur.

Il ne faut pas jeter le pain.

Il faut savoir obéir pour commander plus tard.

Il est dangereux de se baigner tout de suite après les repas.

Pour mériter les richesses et devenir le maître de notre maison, je dois m'appliquer à bien travailler, être patient et persévérant.

Dieu aime tous les hommes également, mais Il préfère les pauvres. (Grand'mère.)

Savoir à fond deux langues étrangères au moins. (Grand-père.)

Le latin est la base de toute instruction solide. (M. Florent.)

Les petites vérités, je les trouvais la nuit, en repassant les événements de la journée, car j'étais long à m'endormir. Il y en avait une foule :

Les hommes ne sont pas tous égaux, puisqu'il y a des maîtres et des domestiques.

Les maîtres savent toujours tout et les domestiques presque rien.

Les matelots ne sont pas des domestiques. Ils ne sont pas des maîtres non plus. Que sont-ils ?

Honoré est le meilleur matelot du lac.

Écouter grand-père sans l'interrompre et rire très fort lorsqu'il conte une histoire (même celle du canard et de la ficelle, qui revient une fois ou deux par semaine).

L'homme est heureux lorsqu'il a fini ses classes ; il achète une maison sur le rivage et un bateau, il fume la pipe, pêche à la ligne et se couche à minuit quand ça lui chante.

Tous ceux qui sont obligés de travailler sont malheureux. Le bonheur c'est d'être rentier. (Filion.)

Il faut beaucoup d'argent pour s'établir rentier.

Les rentiers ne souhaitent pas tous le même bonheur. Ainsi Filion possédera un jardinet à Yvoire et le cultivera lui-même. Honoré s'en ira vivre chez lui, à Cannes, et ne fera rien. Jean Caillat, le fils du fermier, chassera les lions en Afrique. Moi, je naviguerai, je rêverai, j'aurai une pipe, je passerai les jours de pluie dans la bibliothèque.

Je déteste les enfants plus jeunes que moi et les petites filles.

Après mes grands-parents, c'est l'oncle Paul, si doux, si poli, que j'aime le mieux au monde. On le voit rarement. Il me donne cinq francs à chacune de ses visites, mais ce n'est pas à cause des cinq francs que je l'aime.

La fille de cuisine a un bon ami, tout comme l'ancienne. Les filles de cuisine ont toujours un bon ami. Celui de Justine vient le soir, après dîner, et se promène avec elle. Quelquefois je les rencontre ensemble. Ils ont l'air soucieux et doivent bien s'ennuyer. Lorsque je parle d'eux, grand-père rit et grand'mère se fâche. Je n'aurai jamais de bonne amie.

Je n'aime pas le printemps : c'est une saison mal arrangée. Il fait beau, il pleut, il neige, et le soleil ne chauffe guère ; personne ne sait le temps qu'il fera. Je préfère l'hiver, les bons feux de bois dans la cheminée et la douce neige qui tombe et s'entasse derrière les fenêtres. Mais j'aime surtout l'été et ses longs après-midi brûlants, l'été qui grille l'herbe des pelouses, nous donne des melons, des figues, des vacances, l'été tout rempli de visages oubliés.

Et j'aime encore le vieil automne mélancolique, le tintement de cloches des troupeaux, les châtaignes qu'on met rôtir sous la cendre.

Telles étaient plusieurs de mes vérités secrètes. Il y en avait que je ne m'expliquais pas. D'autres m'étaient familières. Certaines avaient un sens caché et quelques-unes s'élevaient contre les affirmations les plus catégoriques de M. Florent. À chaque heure de solitude j'en apercevais de nouvelles ; mais elles ne m'occupaient pas toujours très longtemps et un grain de « joran » ou une « perchette » suffisaient à m'en distraire.

D'ailleurs, a-t-on jamais le temps de penser tout à son aise ? Les heures se pressent. Obscurément n'avais-je point pressenti qu'il les fallait remplir de rêveries, car autrement elles s'évanouiraient sans rien me laisser pour le trésor que j'étais avide d'amasser.

Chapitre IV

Grand-père descendait au port. De loin je voyais flotter sa veste blanche sur l'allée et vite je tirais ma ligne hors de l'eau, piquais l'hameçon au flotteur, cachais ma boîte de vers dans la cabane aux voiles. Trois heures. Le séchard a forcé et les focs de l'*Ibis* s'impatientent et secouent leurs écoutes.

« Eh bien ! gamin, viens-tu ? »

Je sautais à l'avant du canot, Honoré soulevait son béret ; dix coups de rame, nous accostions ; Filion nous tendait la main pour nous hisser à bord.

Quelle belle chose que le pont de l'*Ibis* ! Qu'il était propre, et doux, et sonore sous nos semelles de caoutchouc. Large vers le centre, il s'effilait aux deux bouts comme un cigare de la Havane ; il était partagé en deux par le toit vitré de la cabine. Vous eussiez cru marcher sur le dos d'une grosse bête patiente ; on la sentait remuer constamment en tirant sur sa chaîne. Le mât se dressait à l'avant, énorme, verni, tenu en place par les haubans d'acier ; à sa pointe, tout en haut, flottait un pavillon rouge. Honoré, souvent, y grimpait, mais point le vieux Filion. Grand-père regardait les voiles pour s'assurer qu'elles étaient bien tendues, et parfois la lourde bôme qui allait et venait le frappait à l'épaule et il jurait : « sac à papier » ou « nom d'une pipe », en remettant d'aplomb son chapeau de paille. Puis il criait : « larguez. » On jetait la bouée par dessus bord, l'*Ibis* s'inclinait et il fallait vivement amarrer les écoutes. C'est pour les avoir vu faire souvent que je savais ces choses. Grand-père tenait la barre ; il ôtait sa coiffure et le vent ébouriffait ses derniers cheveux. Filion démêlait les cordes et les roulait en couronnes. Honoré tirait de sa poche son tabac et l'*Ibis,* tout penché sur tribord, giflant les petites vagues serrées, filait vers Hermance en montrant son gros ventre lisse. Au large, le séchard fraîchissait. Alors des cordes se tendaient, les poulies chantaient, l'eau effleurait le pont et accrochait à la bastaque ses mains transparentes. Grand-père me donnait une cigarette : « Tu ne le raconteras pas à ta grand'mère. » J'allais m'asseoir à l'avant, près des deux hommes. La proue s'allongeait comme un museau tendu, assoiffé ; elle se hâtait et je m'amusais de ses moustaches d'écume. Le beaupré s'élançait, semblable à la corne du narval dont j'avais vu l'image dans un livre de Jules Verne. La lanterne attachée à l'étai figurait un œil de cyclope. Je naviguais sur la tête d'un monstre marin.

Ainsi nous partions vers un inconnu riant et sans mystère. Si le séchard tenait, d'une seule bordée nous touchions Corsier au fond de sa baie, puis nous croisions sur Coppet-la-Brune, où vivait autrefois cette dame au turban dont le portrait ornait la bibliothèque. Souvent nous allions plus loin encore en longeant la rive vaudoise, ou bien, louvoyant de nouveau, nous virions en face d'un village de Savoie. Alors le lac s'élargissait et prenait comme une autre figure, et la terre aussi, devenait moins familière. Il n'y avait plus, comme chez nous, de grandes maisons nobles en haut des pelouses, ni des parcs aux allées sablées, ni les belles fermes des paysans avec leurs volets verts et leurs toits de tuiles. La côte savoyarde est sauvage. Le riche n'y bâtit point sa demeure et les pauvres s'attroupent dans les villages, où ils habitent de petites maisons sans fenêtres qui trempent dans l'eau. Elle y est immobile et profonde, et la voix des pêcheurs s'entend de loin lorsqu'ils tirent leurs filets. J'étais bien content de revoir leur beau pays de silence.

« Filion, arriverons-nous jusqu'à Yvoire ?

– Non, Monsieur Jean ; voyez, le séchard mollit déjà. »

Filion ne disait jamais comme les autres. C'était un vieux Savoyard, maigre, large, avec une figure rouge et une longue moustache blanche et tombante que je tirais pour le faire enrager. Il naviguait avec grand-père depuis plus de trente années et s'enivrait chaque dimanche soir. Il ne connaissait pas grand'chose à la manœuvre, n'avait jamais bien distingué la drisse du foc de celle du mât. Toujours il semblait furieux. Mais il était bon au fond et c'est son visage seulement qui se montrait grognon. Sur son béret à pompon rouge, qui ne le quittait pas, on déchiffrait : *Ibis* en lettres d'or tout effacées, car le béret de Filion tombait au lac bien souvent. Filion ne savait pas lire, ni nager, ni fumer, ni conter des histoires ; mais c'est lui qui astiquait les cuivres, démêlait les cordages, nettoyait la cabine, faisait le thé de grand-père. Et, parce que vieux tous les deux, grand-père le tutoyait et Filion demeura fidèle jusqu'au bout à son poste inutile.

« Pare à virer… Renvoie. »

Grand-père poussait la barre sous le vent. Le bateau se redressait, toutes voiles flottantes, et la bôme passait d'un coup à bâbord en secouant les poulies sur leur tringle. Les focs se détachaient et Honoré courait pour les amarrer tandis que l'*Ibis*, presque arrêté, s'inclinait sur l'autre bord. Les lorgnettes glissaient en travers du pont et tombaient dans le carré ; la pipe de grand-père suivait le même chemin, puis nous voilà repartis, les voiles rondes, en écran contre le soleil, et de l'ombre fraîche sur nos visages tournés vers le nord.

Muni d'un bout de ficelle, Honoré m'enseignait à faire des nœuds : le bonnet turc, le nœud de rides, le nœud de hauban, le huit, le nœud plat, le nœud d'anguille. C'était un vrai marin de mer qu'Honoré. Il venait de Cannes. Cela se voyait à ses yeux vifs, à ses pieds agiles, et s'entendait à son accent du midi. Depuis des années, tous les étés il nous arrivait, portant sa valise, dépliant un fort mouchoir tout rempli des coquillages de là-bas et joyeux de nous retrouver tous, et l'*Ibis*, et les régates, et sa bonne chambre dans les dépendances. C'était un ami. Grand-père le disait serviable et malin. Grâce à lui je savais nager, faire la planche, plonger, rouler des cigarettes moi-même et construire des voiliers avec les morceaux de bois ramassés sur la grève. Honoré avait été jusqu'au bout du monde sur les grands vaisseaux de fer qui sont des casernes flottantes, et il avait vu des Japonais, des Chinois, des Annamites et d'autres peuples dont M. Florent me montrait la patrie sur son atlas. Comme je ne me lassais point de ses histoires, Honoré me les répétait fréquemment. En songeant qu'il avait vu tous ces pays avec son petit œil brun, souffert des fièvres, tiré des coups de fusil sur des hommes vivants, enterré des camarades, je ne l'aimais que mieux d'être assis près de moi, satisfait, pacifique, sur le pont de l'*Ibis*.

Il nous dit une fois :

Chapitre IV

« Vous souvenez-vous de Baptistin, monsieur Jean ?

– Je crois bien.

– Le pauvre, il s'est perdu en mer l'hiver dernier.

– Pas possible ! s'écria grand-père.

– Mais oui, Monsieur. Il avait acheté un bateau, le *Saint-Honorat*, pour « faire les îles » et la pêche. Un soir, il s'en va tout seul, comme d'habitude, par un joli mistral. J'étais sur le port ; il met le cap au large ; puis on le voit qui pique vers la Corse. Nous regardions les voiles du *Saint-Honorat* en partance et nous ne pensions guère qu'on ne le reverrait plus. Et pourtant nous ne l'avons plus jamais revu. Quinze jours plus tard, le fils Longeon revenait d'Italie sur sa tartane. Il avait rencontré un canot en route, mais tout désemparé et sans plus personne à bord. C'est ainsi qu'il s'est perdu en mer, le pauvre Baptistin. »

Ce Baptistin avait été chez nous pendant une saison ou deux. Son noir visage ressemblait à celui d'Honoré et un doigt manquait à sa main gauche. Quand on lui demandait pourquoi, il disait : « Eh, c'est une sardine qui me l'a coupé ! »

On le voyait pêcher du matin au soir par les jours de calme. À la maison nous mangions les fritures qu'il donnait à la cuisinière. Il avait une ancre tatouée sur un bras, et maintenant son corps roulait quelque part, dans la mer… Et il portait toujours, comme un signe de mort, l'ancre tatouée sur son bras… Et cette main à quatre doigts que j'avais si souvent touchée était celle d'un noyé…

Je savais bien que la mer n'aime pas les hommes ! Elle leur fait la guerre. Elle les attire, les amuse pendant quelques années et finit par les emporter, comme Baptistin, sans jamais les rendre à la terre, où ils ont une famille et une maison. Voilà pourquoi la mer m'était une ennemie. Mais je la méprisais, car elle ne saurait m'atteindre dans les lieux paisibles que j'habitais. Le lac est sans malice, loyal et l'*Ibis* un bon bateau solide, éprouvé. Si Baptistin fût demeuré chez grand-père au lieu de faire la pêche en mer, sans doute serait-il assis parmi nous, pour rire et travailler. Mais il n'a pas su se plaire auprès de notre lac et je ne pouvais détacher ma pensée de son bras, qui portait une ancre tatouée.

Je me souviens de ce jour… de cet instant…

Grand-père songeait ; probablement, lui aussi, à ce marin perdu.

Filion regardait vaguement dans le vide. Honoré rallumait sa cigarette calcinée.

J'étais confiant et tranquille auprès de ces amis pleins de force. Une ombre, pourtant, avait passé sur nous. Et je devinais que chacun descendait en soi-même comme pour chercher au delà de l'heure présente cette autre heure qui vient, après quoi il fait nuit.

« Pare à virer… Renvoie… »

Nous arrivions en face de Coppet. On entendait sonner une horloge ; un chien, au bout de l'embarcadère, aboyait. Le château montrait sa façade aux contrevents clos. Le soleil tapait dur et les villageois restaient enfermés dans leurs maisons obscures et fraîches. Grand-père mettait le cap sur l'Orphelinat du Père Joseph, longue bâtisse blanche au fond du Creux de Tougues.

Filion annonçait :

« Voici le *Grèbe.* »

Alors grand-père saisissait la lorgnette et faisait hisser un pavillon ; on exécutait le même salut à bord de l'autre chaloupe, puis, les deux bateaux parvenus à hauteur, M. Riboulet et grand-père se tiraient un important coup de chapeau.

M. Riboulet semblait enfoui tout entier sous un casque de liège ; on ne voyait plus que son nez et sa pipe ; il ne détournait jamais la tête ; il portait du linge sale et habitait un grand château sur la côte française. Quand je le rencontrais aux régates, il me saluait d'un : « Bonjour, mon jeune Monsieur, » avec un accent qui n'était pas de chez nous. Grand-père disait de lui : « Quel vieil original ! » L'oncle Paul aussi était un original. J'aimais les originaux parce qu'ils se moquent du qu'en dira-t-on et n'en font qu'à leur idée. Ainsi M. Riboulet naviguait toute l'année et mon oncle ne sortait presque jamais de chez lui. L'un semblait né pour le lac et l'autre pour les livres : c'est pourquoi je les comprenais bien tous les deux.

Filion préparait le thé dans la cabine. C'était une toute petite cabine, mais si confortable : une couchette de chaque côté et une table à roulis au milieu. À la cloison un baromètre à côté d'une pendule. Mais j'aimais surtout la cabine pour sa bonne odeur de goudron et de ripolin. Ça sentait le voyage là dedans, le long voyage maritime. Mes yeux se fermaient… Et voici : l'*Ibis* devient une goélette balancée sur l'eau d'un port. Les matelots vont et viennent, le dos chargé de marchandises, de provisions qu'on enfourne dans la cale ; nous appareillons pour une croisière lointaine. Grand-père donne des ordres tandis qu'un cuisinier nègre taquine mon singe favori accroupi sur le bastingage. La foule, sur le quai, nous observe, et c'est un branle-bas confus, des rires, des cris, la vibrante bonne humeur des départs. Je distingue nettement les cordages, les cabestans, une chaîne, et l'air est chargé de cette même odeur âpre et chaude de goudron et de vernis. Les marins ont des visages familiers. Honoré est capitaine en second, Filion dispose les sièges, apporte les coussins. Dans quelques semaines, on passera l'Équateur… Au-dessus du Pacifique nocturne nous verrons se lever la Croix du Sud… Puis un homme passe qui se cache la figure sous le bras et sur ce bras je reconnais l'ancre tatouée…

Alors je rouvrais les paupières. C'était la toute petite cabine de l'*Ibis*. L'eau bouillait dans la casserole et Filion la versait d'une main tremblante. Grand-père s'impatientait :

« Voyons, Filion, et ce thé ! »

Je remontais à l'air en adressant un sourire au bon lac amical dans lequel se balançait le soleil. Le séchard tombait. Grand-père avait chaud ; Honoré aussi ; moi aussi. L'*Ibis* était immobile, vertical, et ses voiles inutiles pendaient. La bôme grinçait ; les écoutes traînaient dans l'eau ; deux papillons se poursuivaient, se perdaient au fond du ciel blanc. Le calme faisait le lac semblable à une nappe immense, fraîchement repassée, sans un pli, et l'on ne tardait pas à virer, comme l'on pouvait, pour rentrer.

« Grand-père, y a-t-il longtemps que vous habitez ce beau pays que j'aime ?

– Mon enfant, j'y habite depuis ma naissance, comme toi.

– Et votre père l'habitait aussi ?

– Oui.

– Et votre grand-père ?

– Mon grand-père aussi. C'est mon bisaïeul qui est venu de France, et la France, mon enfant, est le berceau de notre famille. Ton ancêtre s'appelait Alexandre-Jérémie. Il est bon que tu saches qu'il fit la fortune de notre famille par son travail, sa persévérance, et sa probité.

– Était-il, comme vous, un homme de science ?

– Ton aïeul, mon garçon, s'occupait de commerce et dirigeait une banque. Esprit audacieux et sage, il était économe et faisait le bien. Tu connais la gravure qui le représente. Il avait de gros yeux ronds, le front tout ridé, le nez long et la bouche vilaine. Bien que fort laid, il épousa une femme très jolie, cette petite dame habillée de velours bleu dont le portrait est au salon, à gauche de la cheminée. Mon grand-père était son fils unique. De bonne heure il se voua aux sciences et ses parents en eurent bien du contentement car il acquit de la gloire. Ma grand'mère fut sa digne épouse. Son histoire, tu la sais aussi. Chassée de ce pays par la Révolution, elle s'enfuit à Londres avec son mari et y enseigna la chimie et la physique. Elle publia plusieurs volumes de science élémentaire à l'usage de la jeunesse. Pour moi, qui me la rappelle vaguement, cette très intelligente et très énergique grand'mère ne vit que par ces petits recueils démodés et par une image toujours moins nette où je m'efforce à préciser les détails : ses boucles grises, ses mains aux veines cordées, une antique broche de cornaline… Mais pour toi, elle ne sera plus qu'à peine l'auteur de ces précis rudimentaires que, sans doute, tu ne liras jamais. Et pour tes enfants, elle ne sera plus rien du tout, plus étrangère qu'une reine de France ou qu'une héroïne de Shakespeare ! Elle n'aimait point le tapage et passait ses journées dans la bibliothèque dont fenêtres et contrevents restaient fermés. Son écriture était fine, jolie et régulière. Elle en a rempli des cahiers épais, notant ses pensées, recopiant ses lettres et philosophant sur le siècle. Quelque jour je te montrerai tout cela afin qu'à ton tour tu nous fasses honneur. »

Ainsi parlait mon grand-père en buvant sa seconde tasse de thé. Le regardant attentivement, je lui découvrais de la ressemblance avec cet Alexandre-Jérémie qui dirigeait une banque, qui était un homme probe, qui venait de France et dont le portrait me faisait rire. Je savais que la France est non loin d'ici, derrière le Jura couvert de sapins. Et, en moi-même, je te remerciais, cher aïeul, d'avoir franchi la montagne et d'être venu bâtir ta maison au bord du lac bien-aimé. Et je te remerciais aussi de l'avoir voulue belle, spacieuse, et pleine de recoins familiers. J'en aimais les meubles de beau bois ciré, les fauteuils tendus d'andrinople rouge, les glaces dorées, et le grand lustre du salon dont les cristaux tintaient quand nous sautions sur le parquet.

Depuis que grand-père m'a parlé de toi, je n'ai plus ri de ta grimace.

L'*Ibis* se remet en route doucement. Une brise glisse de la côte où les ombres, d'instant en instant, s'allongent. Enfin, lorsque le soleil touche au dos velu du Jura, notre chaloupe entre dans le port comme un cygne qui regagne son nid : majestueuse, blanche et les ailes tombées.

Chapitre V

Je dénichai dans la bibliothèque le *Parfait Guide-Manuel du Pêcheur*. On y voyait représenté à la première page un monsieur en culotte blanche, coiffé d'un chapeau tromblon, qui pêchait à l'ombre d'un saule. L'auteur du *Parfait Guide-Manuel* débutait par cette introduction :

« *La pêche est l'exploitation des produits que recèlent dans leur sein les éléments liquides. Le règne animal fournit à la pêche des aliments innombrables autant que variés, soit que le pêcheur pourchasse les monstres des mers, soit qu'il tende ses embûches aux poissons de toutes sortes qui peuplent les eaux. Pour être un bon pêcheur il faut surtout de la patience. Voyez donc ce bon bourgeois lançant avec précaution sa ligne à l'eau. Quelle anxiété se peint sur son visage ! Quelle comique déception lorsqu'il retire sa ligne infructueusement ! Quelle joie enfantine lorsque le poisson frétille au bout de l'hameçon ! Puissent les amateurs et les pêcheurs de profession s'intéresser à la lecture de cet humble livre qui traite d'un art si intéressant et si agréable.* »

Ce *guide-manuel* eut sur ma vie une action importante. Il me révéla des joies infinies, m'enseigna la patience, abattit mes ardeurs, fit de moi un enfant tranquille et pensif. Il me donna le goût des rêveries et des paresses apparentes, car il m'initia aux plaisirs incomparables de la solitude.

Il m'arrivait d'être tellement absorbé que je ne sentais pas la sardine prise par hasard à mon hameçon et il fallait un appel, les cris de mon frère, ou la pluie qui commençait de tomber pour m'éveiller à la réalité. Pour m'éveiller… C'est bien cela. Car je dormais. Mon corps dormait, mes mains, mes bras, mes yeux. Mon cerveau seul ne dormait pas, m'emportait bien en avant dans la vie, bien loin de chez nous, bien au delà des choses et du temps. Et parfois j'étais un page, ou un apôtre, ou le vainqueur d'un tournoi, ou quelque héros antique, et le plus souvent déjà grand, toujours loyal, noble, beau, avec un regard terrible et des moustaches.

Je me dépitais ensuite d'être si jeune et qu'on m'eût refusé des pantalons ; j'usais avec colère mes culottes d'où sortaient une paire de jambes grêles, marbrées d'égratignures.

Parfois Filion s'approchait et me considérait en silence. Alors je reprenais conscience de mon occupation et m'y appliquais à nouveau. Je commençais par amorcer, suivant la règle, en piquant le ver par la tête de manière à l'étirer tout le long du hameçon ; cela me répugnait à chaque fois. Le sang terreux du ver, ses excréments, ses tortillements, étaient de petites choses laides, un peu terrifiantes. Je n'avais pas peur d'un chien errant, par exemple, ni d'une vache, ni du taureau de la ferme. Je pensais n'avoir peur ni d'un lion, ni d'un tigre ; leurs rugissements mêmes eussent raffermi mon courage. Mais j'avais horreur des petites bêtes muettes. L'idée qu'une araignée pût grimper dans ma manche me glaçait d'épouvante ; j'évitais la rencontre des chenilles ou des mille-pieds, et mes doigts étaient mal assurés en saisissant le ver. Je jetais la ligne. J'attendais…

Tout de suite une perchette s'approchait. La perchette est un très petit poisson, à peine plus long que le pouce ; d'un vert doré en dessus, son ventre est blanc et ses nageoires orange ; son dos porte des raies noires transversales qui imitent le dessin régulier d'une algue. La perchette est prudente, sauvage et difficile à pêcher. Elle aime l'eau profonde et l'ombre froide des rochers. On l'aperçoit rarement à la surface se prélasser comme une sardine. Vous ne la verrez point, comme celle-ci, se jeter sur un hameçon garni de mie de pain, ni s'approcher en troupe nombreuse dès que vous aurez mouillé la ligne, jouer avec votre bouchon, mordiller l'appât et se laisser prendre sans se débattre.

La perchette vous observe de loin. Elle connaît les longues patiences au creux d'une pierre. Quand passe une vague ou que la brise vient brouiller et détruire la claire image du fond, alors vous

vous croirez oublié du petit poisson solitaire. Mais attendez… Tout à l'heure, dans l'eau apaisée vous le retrouverez à sa place, attentif, méfiant. Imperceptiblement il nage. Le voici ; il examine votre ver. Mais il ne se décide point encore à mordre, trop sage pour risquer sa vie au hasard d'une gourmandise. Perchette, vous éventiez mon piège, vous vous détourniez, vous vous éloigniez… Le lac vous invitait à gagner ses retraites où vous seriez en sûreté parmi d'autres perchettes, parmi les ferras, les ombles chevaliers, les truites, dans les cavernes où elles dorment sans danger. Je songeais à vos jeux, à vos sociétés voyageuses, à vos petites vies libres et glissantes. Et je me souviens d'avoir eu honte, honte d'être venu tout exprès pour vous faire mourir, pour vous croquer, le soir, lorsqu'on vous aurait jetées dans la poêle à frire où s'ouvriraient toutes larges vos bouches et où vos yeux s'arrondiraient comme des perles blanches… Pourtant je péchais… pour le plaisir de rêver, pour ne pas rentrer avec mon panier vide, et aussi parce que d'autres pêcheurs, debout dans les canots, jetaient leurs lignes et que je voyais leurs gestes brusques quand ils tiraient le fil au bout duquel les poissons tremblaient comme des flammes d'argent.

J'attrapais les sardines négligentes venues tout droit à mon ver sans se douter de rien. Je les assommais en les projetant de toute ma force sur le sol ; leurs corps brillaient dans l'herbe. Parfois l'une ou l'autre sautait encore en ouvrant le museau. Leurs écailles restaient collées à mes doigts ; elles étaient bleues et sentaient mauvais.

L'ombre d'un peuplier noir s'étendait autour de moi, mais la pierre du mur demeurait brûlante. Elle garderait, au fond même de la nuit, le soleil de la journée.

Solitude… Silence… Chaleur… Le tambour lointain d'un bateau à vapeur… Une feuille se détachait, frôlait ma joue, se posait sur le lac… Une mouette traversait le ciel. Des songes… Des heures… J'attendais la minute la plus aiguë, la plus heureuse… Elle venait enfin, très tard, au crépuscule.

D'abord le soleil se couchait. La cloche de l'église sonnait. Comme le village n'est pas tout proche, l'angélus m'arrivait par bouffées, assourdi, puis plus clair, puis presque éteint, et large de nouveau comme une voix qui se tourne, se détourne, se retourne. Cela durait. La nuit s'ouvrait par une prière. Mais je ne pensais pas à prier ;

j'étais tout à la volupté de cette musique. Elle entrait en moi, s'y prolongeait, glissait en des régions confuses, se ramifiait jusqu'au bout de chacun de mes nerfs, m'emportait tout entier dans le ciel. Je devenais moi-même écho, accord, harmonie, plénitude de forces : je devenais homme. Alors la cloche se taisait. Mais je demeurais longtemps tout rempli d'elle, tout extasié, tout pétri par son miracle.

Et puis le couchant s'allumait. Derrière le Jura, au-dessus du pays français, s'éployait un immense rideau de pourpre. La montagne le découpait dans sa masse la plus rouge, la plus sombre, et, par endroits, les sapins l'ourlaient d'une frange inégale. Je voyais, j'entendais, mais c'étaient des choses nouvelles, pareilles à nulle autre, une puissance inconnue et suave qui me soulevait, gonflait mon cœur comme une voile, m'emplissait de détresse et de délices. Oh ! la maison était proche et pleine de bonnes gens : grand-père, grand'mère, Edmond, M. Florent, les domestiques… Mais je ne leur appartenais plus. J'appartenais au nuage, à la cloche, au soir, à cette puissance obscure. C'est d'eux que j'étais avide, du trouble qu'ils m'apportaient, de cette tristesse plus délectable que la joie…

Un soir, comme il faisait presque nuit, quelqu'un s'avança vers moi :

« Oncle Paul ! »

Nous nous regardions et, bien que je ne l'eusse pas vu depuis longtemps, nous demeurions sans rien dire. Nous nous assîmes côte à côte sur le mur. Mon oncle fumait sa pipe et je recevais les bouffées de tabac dans la figure. Pourtant ce silence me remua plus que des paroles. Les étoiles naissaient. L'horizon n'était plus ni sanglant, ni doré, mais un peu pâle seulement au-dessus de la montagne. Tout était sombre et plein de nuit. Mon oncle demanda :

« Viens-tu souvent ici, le soir ?

– Tous les jours.

– Pourquoi faire, mon enfant ?

– Je ne sais pas… pour être seul… pour entendre sonner l'angélus… pour voir le ciel. »

Comme grand-père eût ri s'il m'avait entendu ! D'ailleurs je n'aurais pas osé lui avouer ma nouvelle passion : voir le ciel, entendre sonner une cloche. Pourquoi donc parlais-je si facilement à mon oncle ?

Il m'embrassa. Ce fut l'unique fois. Je me rappelle le contact rugueux de sa barbe.

Chapitre VI

Mais le plus important plaisir des saisons d'été restait sans contredit les régates. Elles avaient lieu le dimanche. On nous menait d'abord à l'église, une jolie petite église où ma mère s'était mariée. Nous n'écoutions guère le sermon, ni Edmond ni moi, trop occupés de la régate imminente, du temps qu'il faisait, du vent qui soufflait. C'était un grand soulagement lorsque le vieux pasteur presque aveugle terminait le culte par la bénédiction : « Allez en paix, et que le Dieu de paix soit avec vous et vos familles, amen. » Nous nous jetions dehors, nous levions la tête vers le ciel, nous inspections la marche des fumées sur les toits.

L'*Ibis*, sous voiles, attendait ; on s'embarquait tout de suite, on cinglait vers Bellerive.

Sur la terrasse du restaurant Baplanche une longue table était dressée et les sociétaires de la « Nautique » arrivaient par groupes, en gesticulant. Les pronostics circulaient :

– C'est le temps de l'*Ondine*.

– Brise moyenne, c'est la régate du *Grèbe*.

– Peuh ! ciel trop bleu ; la brise crèvera vers deux heures.

– Voyez-vous ces « rouleaux » sur le Jura, c'est du joran pour plus tard.

– À table ! faisait le Président, un gros monsieur très rouge qui en disait de raides.

Les servantes apportaient l'omelette, puis l'entrecôte, et des saladiers remplis de pommes de terre frites. Ces messieurs parlaient beaucoup. Edmond et moi nous trouvions le menu – invariablement le même – excellent. Nous mangions bien au delà de notre faim, personne ce jour-là ne s'occupant de nos bonnes manières. Le vin étant à discrétion et les carafes à notre portée, nous buvions avec abondance.

Au café, le président se levait. Il indiquait le parcours, donnait l'heure officielle et chacun réglait sa montre d'après la sienne.

Une fièvre circulait dans mes veines et j'étais rempli d'une tranquille audace. On entendait claquer les voiles des chaloupes ancrées devant le café, et des matelots naviguaient de l'une à l'autre dans les youyous. Toute cette flotte était divisée en cinq classes, par rang de taille, depuis la *Sardine* qui jaugeait une tonne, jusqu'à l'*Ibis* qui en jaugeait douze. Nous montions à bord. Grand-père changeait de coiffure, de chaussures, et ôtait son faux col. À deux heures, premier coup de canon qui signifie : attention, levez l'ancre, préparez-vous à partir. Grand-père virait de bord, se rapprochait de la ligne de départ, et c'est moi qui tenais la montre et comptais le temps écoulé.

« Voyons, Jean, combien de minutes encore ?

– Encore dix.

– Diable ! »

Alors il donnait un coup de barre et nous restions immobiles un moment, le nez dans le vent. On voyait l'*Ondine*, le *Grèbe*, le *Vanneau*, se rapprocher toutes voiles pleines. Honoré se tenait accroupi, une main sur les écoutes de foc.

« Plus que cinq minutes, grand-père... plus que trois...

– Sac à papier ! Nous sommes trop loin ; laissez porter... – et l'*Ibis* s'inclinait paresseusement.

– Allons, Filion, fiche donc quelque chose ! »

Mais Filion, ne sachant quoi faire, se mettait à ranger des cordes.

« Plus qu'une minute... Plus que trente secondes... Plus que vingt... »

Nous étions bien loin généralement quand tonnait le second coup. Honoré, en son patois, exhalait d'obscures paroles. Grand-père enrageait et invectivait son vieux bateau, mais nous savions bien qu'un autre dimanche ramènerait des fautes semblables. Déjà l'*Ondine* avait coupé la ligne, suivie du *Vanneau*. Mais grand-père pensait rattraper ce retard par la science de ses manœuvres.

À peine la bouée passée, on virait de nouveau pour gagner l'autre rive. De temps à autre il prenait la lorgnette :

« Mâtin, l'*Ondine* et le *Vanneau* marchent bien, mais les airs vont caler au large et nous tirerons à la côte pour chercher le joran. »

Grand-père mettait tout son espoir dans le joran.

« Une risée, disait-il, une ride, un rien, et nous filons droit sur la bouée de Coppet. »

Cela n'arriverait pas, nous le savions ; lui-même n'y devait croire qu'à moitié. Il avait peu de patience et me confiait souvent le gouvernail. Je me figurais qu'en menant avec exactitude on peut regagner le chemin perdu. Mais j'étais novice et ma main inexperte.

Une fois, cependant, tout se passa comme il l'avait prévu. Le séchard, d'abord frais, tomba ; le *Grèbe* était en tête, très loin, suivi des deux autres ; et l'*Ibis,* fidèle à sa tactique, avait gagné la côte où *devait* souffler le joran. Nous l'attendions sans patience. Il vint. Il vint au bon moment et pour nous seuls. On l'entendit dans les peupliers, léger, léger, frissonnant. Puis plus rien. Des nuages roulés, accrochés au Jura. Là-bas, les bateaux arrêtés, les voiles détendues. Un silence écrasant. Grand-père mouilla son index, l'éleva, l'abaissa lentement vers l'Occident.

« Le joran ! Cette fois je ne me trompe pas. » L'instant d'après, l'eau se couvrit de rides.

« Attention ! Bordez tout ! »

Le hunier attrapa le grain en premier et l'*Ibis,* d'un seul coup, s'affala sur tribord. L'*Ibis* cheminait, l'*Ibis* fendait sa route, l'*Ibis* volait vers Coppet. Les cordes chantaient, et les poulies, et nous-mêmes, tandis que les autres, toujours immobiles, semblaient posés sur un plat d'argent. Grand-père exultait.

« Hein ! l'avais-je assez dit ! C'est que je connais le lac, moi, mes enfants ! Il y a quelque cinquante ans que je navigue là-dessus… »

La brise ne nous quitta point et nous arrivâmes premiers au but.

C'est bien alors que je connus la popularité de mon grand-père. On tira quatre fois le canon en son honneur. On l'acclama. On lui serrait les mains. On déboucha le champagne et tout le monde se réjouissait. M. le Président particulièrement. Il était assis devant une table couverte de bouteilles vides et son visage écarlate exprimait une joie bien touchante. Il emplit son verre jusqu'au bord et le but d'un seul trait à notre santé. Grand-père répondit en buvant au développement de la Société Nautique. Il improvisa même un discours admirable dans lequel il félicita *l'Ondine* de son second prix, le *Vanneau* du troisième, et jusqu'à M. Riboulet, arrivé bon dernier, pour son endurance légendaire. « Et, Messieurs, ajouta-t-il, qu'il me soit permis de lever mon verre à la prospérité de tous nos navigateurs, au bonheur de tous ceux qui aiment notre lac. Qu'ils apprennent à sa rude école les devoirs du matelot ; qu'ils acquièrent ses qualités de dévouement, de sang-froid et de courage. Qu'ils sachent l'histoire de nos simples pêcheurs, leurs héroïsmes obscurs, sans autre récompense que de modestes médailles de bronze, afin, Messieurs, qu'il soit toujours fier et beau à porter, ce nom qu'on nous donne : Marins d'eau douce. »

Telles, à peu près, furent ses paroles. On les applaudit furieusement. J'étais bien content et j'allai trinquer avec tous les sociétaires.

En rentrant à la maison, ce dimanche-là, grand-père eut une attaque de goutte. Comme il souffrait beaucoup, il s'étendit sur un canapé du salon ; il avait retiré ses bottines et même ses chaussettes. Parfois, lorsque la douleur devenait trop forte, il poussait des gémissements. Grand'mère ne s'en émouvait guère. Elle dit :

« Je parie que tu as bu du champagne aux régates.

– Deux verres, ma bonne, deux petits verres !

– Eh bien ! tu les paies ! »

Toute la nuit je l'entendis crier dans sa chambre qui se trouvait au-dessous de la mienne. Et je pensais : « Voilà grand-père qui est âgé, savant, bon et populaire, et qui souffre pour avoir pris un seul verre de champagne. Est-ce juste, alors que M. le Président en a bu bien davantage et dort certainement sur ses deux oreilles ! Le monde est mal fait s'il faut payer si cher un premier prix aux régates, un excellent discours et une coupe de vin. »

Chapitre VII

Notre maître, M. Florent, était un homme plein de vertu, cultivé, et d'une philosophie étonnante. De taille moyenne, myope et le nez en pied de marmite, il avait cet extérieur bénévole et négligé particulier aux pédagogues de son pays. Car il était natif de Neuchâtel, fils de quelque pauvre pasteur que Dieu avait béni en lui donnant huit fils et plusieurs filles, par surcroît. De bonne heure il s'était expatrié. Répétiteur dans un collège privé, professeur de latin, d'allemand, d'histoire, il lui avait fallu renoncer successivement à ces situations médiocres qui demandaient une parfaite connaissance des systèmes variés de discipline autorisés par la loi bien plutôt qu'une érudition profonde. Et la fatalité voulut que M. Florent, qui savait à fond ses auteurs, ignorât pendant longtemps tout autre moyen de réprimande que la gifle. Il souffrit de ce fait quelques désagréments et fut justement agréé par mon grand-père qui approuvait chez les autres une méthode dont il se sentait incapable. Mais, soit les méditations que fit notre maître à ce sujet, soit les exemples d'une bonté bienfaisante jusque dans son rayonnement, nous n'eûmes que rarement à pâtir de sa vivacité. C'est tout au plus si je me souviens d'une ou deux claques vertement appliquées et que me valurent une sotte habitude de moquerie.

M. Florent, que son père destinait jadis à la théologie, avait échoué à l'examen d'exégèse. Il en gardait rancune à l'Ancien Testament et se donnait ouvertement pour libéral en fait de religion. Son penchant pour les bonnes lettres et l'estime en laquelle il tenait les poètes païens lui assuraient d'ailleurs l'indulgence de mon aïeul. Que l'on ajoute à ces mérites son physique inoffensif, sa bonhomie, cette philosophie aimable qui ancrait en lui un optimisme inébranlable, et l'on comprendra qu'il passât chez nous pour un sage et pour un galant homme.

Seule, grand'mère lui montrait quelque méfiance. Mais sa foi naïve et profonde la tenait éloignée de toute discussion touchant les Écritures. M. Florent se rendait avec régularité aux Saintes Assemblées, le dimanche, et la vieille dame n'en demandait point davantage. Toutefois, elle ne manquait jamais d'observer qu'il avait gardé sous son lorgnon, pendant le prêche, « cet air goguenard » qui ne la rassurait qu'à demi.

« On ne m'ôtera pas de la tête, disait-elle alors à son mari, que cet homme ne croit ni à Dieu, ni à diable. »

À quoi il répondait :

« Tu te trompes, ma bonne, il croit au diable. »

Quoi qu'il en fût, M. Florent dépensa pour nous pendant plusieurs années, et sans grands résultats, la finesse de son intelligence et les ressources de son savoir. Par ailleurs, il n'était semblable en rien à ces savants d'aujourd'hui qui cultivent avec sagacité les muscles de leurs bras et de leurs jambes. Il affichait pour tous les sports le plus hautain mépris. Aussi était-ce pour nous un sujet de joies toujours nouvelles que de le voir ramer ou prendre un bain dans le lac. Il révélait alors une telle maladresse, des épaules si étroites, une peau si blanche ; il trahissait une si déplorable hygiène, de si constantes précautions en exhibant pièce à pièce sa provision de flanelles, de tricots, de maillots, de chaussettes mises en double les unes sur les autres, que j'en demeurais chaque fois ahuri.

« Jean, me disait-il du fond de la cabane qui nous servait de vestiaire, vos rires à peine étouffés, vos grimaces, les questions fallacieuses que vous me posez sur les différentes pièces de mon habillement, prouvent une fois de plus votre fâcheuse inclination à la moquerie.

– Mais Monsieur…

– Il n'y a pas de « mais ». Monsieur votre grand-père attache de l'importance à vos bonnes manières ; il m'apparaît que vous en manquez parfois singulièrement. Aussi me verrai-je dans l'obligation de vous bourreauder quelque peu. »

C'était là une expression consacrée et qui faisait prévoir sinon une gifle, du moins un pinçon que nous recevions stoïquement dans le bras ou la cuisse. Toutefois l'heure du bain nous affranchissait presque toujours des châtiments corporels, car nous nous sauvions pieds nus dans l'herbe et sur les pierres où M. Florent ne se risquait point à nous poursuivre. Il surgissait hors de la cabane dans le simple appareil de son costume à rayures rouges et blanches, sans assurance, avec ce regard aigu et fixe des myopes qui ont ôté leur lorgnon. Et notre maître ainsi dépouillé, avec sa poitrine creuse, ses genoux pointus, son épine dorsale raboteuse et ses pieds tout fleuris de cors ne nous semblait plus le même homme. Sa sagesse, sa science, les ornements de son esprit, n'étaient-ils pas restés accrochés aux clous où il venait de suspendre ses vêtements ? Alors nous taquinions l'humble corps autour duquel flottaient le costume bariolé et une ample ceinture de sauvetage. Nous l'éclaboussions d'une eau glacée et nous écoutions avec délices ses cris rauques, ses supplications, son souffle haletant.

Malgré les instances de grand-père, il ne consentit jamais à monter à cheval. On nous remettait à la garde du cocher et M. Florent s'en allait par la campagne, avec quelque bon livre qui lui gonflait la poche. J'ai retrouvé un Montaigne tout entier annoté de sa main.

Chapitre VII

Il n'avait même pas songé, le pauvre homme, que ces tomes ne lui appartenaient point et reprendraient un jour leur place dans la bibliothèque. Et combien n'y ai-je pas relevé d'observations judicieuses, de réflexions fines, entremêlées de pensées ou de confidences qu'il jetait au hasard des marges.

« Aujourd'hui, 25 avril, fumé un cigare sous le grand chêne de Rennex en lisant ce cher livre. » « Le bonheur appartient à ceux qui se suffisent à eux-mêmes (Aristote). »

« Toute création est subconsciente. »

« On n'est à court d'idées qu'avec les imbéciles. »

« … Avant toute autre, la nécessité de croire en soi-même. »

« Il faut bien l'avouer, la vraie philosophie consiste à voir dans les différentes manières d'être des hommes des variétés de la sottise universelle. »

« … L'honneur militaire, c'est la victoire. Philippe de Commynes disait déjà : qui a le profit de la guerre en a l'honneur. »

« Monsieur Duranty, 37 Grand'Rue, pour mon vin d'Yvorne. »

Ou de simples mots tels que : « calme » – « douceur » – « sérénité » – « inquiétude. »

Je n'ai qu'à ouvrir l'un des trois volumes au hasard. Il n'est pas jusqu'à l'écriture de ces notes qui ne me rappelle maître Mathieu (car tel était son nom, celui du premier évangéliste, ainsi qu'il convenait au fils aîné d'un pasteur). Écriture menue, serrée, avare de son papier.

Il n'était pas matinal, – nos leçons commençaient vers neuf heures, – et M. Florent, souvent, n'avait pas achevé sa toilette. Sa barbe poussait prodigieusement pendant la nuit, mais c'était un détail dont il se souciait peu. Il donnait plus de soin à ses ongles, qu'il taillait devant nous avec son canif, curait et recurait sans cesse. Longtemps il cultiva celui du petit doigt de sa main droite, auquel il permit un allongement extraordinaire. Mais un beau jour cet ongle cassa et l'on n'en parla plus. Il aimait l'encre rouge et les crayons bleus ; je ne l'ai jamais vu employer autre chose.

Il nous donnait nos leçons tout en se promenant par la chambre d'études. Nous répétions celles de la veille ; nous reprenions nos grammaires, noircies de mots soulignés ; nous ouvrions nos lexiques, nos Jules César tout criblés de dessins, de mots traduits, de taches et d'enluminures. Edmond s'acharnait, le buste courbé en avant et les genoux serrés. De nous deux, et bien que le plus jeune, il était le meilleur élève. M. Florent traduisait, expliquait, développait, faisait à lui seul tout l'ouvrage et souvent, se croyant revenu à des temps plus anciens, s'adressait à quelque imaginaire auditoire : « Remarquez bien, Messieurs… Vous direz avec le poète, Messieurs… » puis, s'apercevant que deux gamins étouffaient leurs rires : « Vous me copierez vingt fois cette belle parole de Sénèque : *Studiorum salutarium, etiam citra effectum, laudanda tractatio est* » pour vous apprendre qu'il est utile de s'appliquer même sans comprendre. Et, comme son érudition était grande, il nous enseignait les rudiments de l'algèbre, la botanique, l'histoire universelle, la géométrie, la géographie et l'allemand.

Il possédait bien cette langue, ayant étudié en Allemagne, comme tant d'autres théologiens. Mais il semble que le latin, en lui, fût demeuré rétif à ce qu'il y a de trop grave et d'absolu chez les philosophes d'Outre-Rhin. Le germe de scepticisme déposé à son insu dans l'âme de mon maître, et cette pointe d'ironie rebelle aux efforts qu'il avait tentés pour l'en extraire, lui conservèrent, parmi les étudiants germains, son indépendance spirituelle et sa solitude. Il avait rapporté de Göttingue une invraisemblable collection de pipes, qui ne le quittait pas et qu'il ne fumait jamais. Je me souviens de leurs fourneaux peinturlurés. Les uns représentaient des têtes de cerfs, de daims, de chamois, d'autres des paysans en costume, des vues de petites villes, ou simplement des fleurs arrangées en bouquets et qui sortaient d'un vase. Mais la plus belle montrait un nain forgeant une épée, tandis qu'un jeune homme, recouvert de peaux de bêtes, le regardait. Nous admirions ces richesses inutiles suspendues à un râtelier de bois. Maître Mathieu, parfois, nous contait ses aventures et comment, pour un regard hostile, ces messieurs se battaient en duel ; la manière dont on leur protégeait le cou, les yeux, les poignets, les oreilles, par crainte d'accident. Il nous peignait le choc des rapières, le bruit de la bataille, les jets de sang, l'immobilité parfaite des adversaires. Il nous aguerrissait ainsi aux surprises de la vie d'un « léger escholier », comme il disait. L'Allemagne en resta pour moi le pays des pipes de porcelaine, des philosophes, des querelleurs, le pays des petits chiens qui viennent croquer les nez coupés, tombés dans la poussière.

Chapitre VIII

Mais il est temps que je marque votre place, solitaire et candide vieillard que je revois à travers les brouillards de mon enfance, ô mon oncle, qui m'avez révélé tant de songes, donné tant de plaisirs, poussé à tant d'audaces ! Votre vie projette encore sur la mienne son ombre auguste et votre visage, au fond de ma mémoire, s'immobilise, se grave, comme le profil d'un dieu.

Vous aviez vu des pays, aimé des villes, acquis des œuvres, connu les hommes. Votre savoir s'étendait des choses futiles aux plus hauts problèmes, et nul mieux que vous n'a embarrassé les philosophes et déjoué les ruses des marchands de vieilleries. Lorsque, accoudé à votre cheminée, vous entamiez un de ces monologues qui semblait plutôt quelque rêverie faite à mi-voix, les plus humbles actions comme les plus simples pensées s'ennoblissaient du reflet de vos enthousiasmes ; vous leur prêtiez toujours votre grand cœur généreux.

Puissé-je, en parlant de mon oncle, ne dissiper qu'à demi l'obscurité qui protège son souvenir. C'était un sage. Il n'eût point aimé à jouer un rôle de héros, et il convient de laisser aux vies cachées un peu de leur secret.

Deux fois l'an nous lui faisions visite. C'était là un événement singulier ; grand'mère en parlait copieusement à M. Florent.

« Vous mènerez les enfants chez leur oncle, je vous prie. Ne vous y attardez pas ; qu'ils fassent leur petite politesse et qu'ils s'en aillent. Qu'ils ne lui posent pas trop de questions… L'appartement est malsain ; c'est froid comme une cave là-dedans ; ils ne devront pas ôter leurs paletots… »

Grand-père levait les bras au ciel.

« Ah ! Ils vont voir mon frère ! Le pauvre homme… »

C'était en ville, tout proche Saint-Pierre. On traversait une place où l'herbe croissait entre les pavés, une place éternellement dans l'ombre. Les maisons, comme la figure des passants, avaient l'air triste et grave. Des pigeons volaient et le bruit de leurs ailes battantes résonnait d'un mur à l'autre. Le quartier, presque toujours, était désert ; y régnaient seuls le silence et l'énorme cathédrale. On entrait sous une voûte, et c'était là, au rez-de-chaussée. M. Florent nous faisait une dernière fois ses recommandations, puis il tirait le pied de biche ; on entendait grincer le fil de fer. Des pas s'approchaient, assourdis par les pantoufles, et la porte s'entr'ouvrait.

« Qu'est-ce qu'il y a ?

– C'est nous, mon oncle, avec M. Florent.

– Ah ! c'est vous ; je ne reconnais jamais personne dans cette pénombre. Entrez mes enfants, entrez Monsieur. »

L'appartement se composait de deux pièces : la chambre à coucher et le salon, mais toutes deux si encombrées qu'il eût été difficile de dire dans laquelle on se trouvait. L'une et l'autre contenaient des livres, des tables chargées de papiers, des secrétaires, des gravures, des pipes, des objets de toilette, des vêtements, des chapeaux, des cahiers de musique. Un piano décorait le salon et un lustre de cristal pendait au plafond de la chambre. N'étaient le lit et un lavabo, on aurait pu se croire dans la boutique d'un marchand de curiosités.

Nous le savions, notre oncle s'étant ruiné vivait petitement. Mais la quantité de richesses accumulées chez lui devait, nous semblait-il, le mettre pour longtemps à l'abri du besoin. Tel, sans doute, était l'avis de M. Florent que cet amas d'objets exaltait à chaque fois.

– Ah ! Monsieur, que de belles et bonnes œuvres, s'écriait-il. Que j'aime à revoir ces estampes, ces éditions princeps, votre pendule neuchâteloise, ces feuilles couvertes de notes et qui donnent la mesure de vos patientes recherches ! Que cela est rare ! Qu'il est doux de vivre détaché de toute vanité, sans cesse plongé en une méditation fructueuse ! Qu'il est philosophique de circonscrire ses besoins à l'étude de quelques auteurs, à la contemplation de ces débris d'un passé plein de fantaisie et de gaîté.

– Hélas ! Monsieur, repartait mon oncle, les temps vulgaires dans lesquels nous vivons m'ont obligé à me défaire d'œuvres inestimables ; toutefois j'ai gardé la plupart de mes livres, auxquels je suis, depuis tant d'années, attaché comme à de vieux parents. »

Tandis qu'ils devisaient nous demeurions dans l'ombre, timides, attentifs, car en face de ce vieillard nous nous sentions bien chétifs. Il se dégageait de lui tout autre chose que de grand-père, une sorte de calme, de sérénité, une paix profonde. Il n'avait ni l'entrain de notre aïeul, ni son rire, ni cette indulgence qui nous le rendait cher.

Sa voix sérieuse, ses paroles souvent malaisées à comprendre, son existence un peu obscure le plaçaient en dehors de notre cercle familier. Et il nous apparaissait comme un être exceptionnel, se rattachant à tout un monde disparu, lointain survivant d'une race qui n'était plus la nôtre. Mais je sentais parfois, brusquement, à un mot, à un geste, à un éclair de sa pensée, qu'il était mon oncle et qu'un même sang coulait dans nos veines. Il était laid, d'une laideur attirante, robuste et salubre. Il n'y avait pas de douceur dans les lignes de son visage, mais une force ; pas d'aménité, mais quelque chose de plus rare qu'un sourire : la volonté de vous connaître. Son regard pénétrait le vôtre là où d'autres, simplement, se heurtent ou se détournent.

Nous l'informions de notre famille, de nos jeux, de nos études. Il nous posait quelques questions : « Qu'est-ce que la bataille de Paestum ? Qui est Beethoven ? »

Et il s'indignait de notre ignorance en matière de musique.

« C'est un crime. Vous serez bientôt trop grands ; vous aurez les doigts raides comme des baguettes de tambour. Comment ! Pas la plus petite leçon de solfège ou de piano ? Et le grand-père, bien sûr, ne vous joue jamais rien autre que son « crambambouli » !

– Il leur restera toujours les poètes, objectait notre maître.

– Les poètes, sans doute ! Mais la musique, Monsieur, c'est plus fort, elle entre plus profond, elle est meilleure à l'âme. Il y a longtemps que, sans elle, je ne serais plus de ce monde. »

Nous le regardions avec stupeur. Car la musique, en effet, ne nous était révélée alors que par la fanfare du village ou par les éclats du fameux « crambambouli » de grand-père, chanté à tue-tête avec accompagnement au piano, et pour la plus grande joie de tous après les dîners de famille. Était-il croyable que la musique eût empêché oncle Paul de mourir ?

« Au temps où j'habitais Paris, un célèbre compositeur me disait : « L'homme qui aime la « musique n'est jamais tout à fait mauvais ; et « quant aux bons, elle les rend meilleurs. » Enfants, étudiez la musique ; non pour les joies immédiates qu'elle vous donnera, mais surtout pour ses merveilleuses propriétés d'apaisement, d'ennoblissement intérieur, de vie spirituelle. »

Et il s'attristait, nous trouvant bien fermés aux vérités essentielles.

Puis il promettait de nous venir voir. Ce serait prochainement, aussitôt qu'il s'accorderait un répit, car il avait bien peu de temps à perdre, étant vieux, et sa tâche écrasante. Alors M. Florent s'informait avec intérêt :

« Votre ouvrage avance-t-il, Monsieur ?

– Il avance, certes, mais que de recherches encore, que de paperasses à trier, que de partitions à reconstituer, quel labeur pour un si modeste ouvrier ! »

Il s'agissait de sa *Réhabilitation de quelques musiciens ignorés,* œuvre vaste à laquelle mon oncle s'employait depuis longtemps et qu'il n'acheva jamais.

Enfin nous prenions congé. Il nous reconduisait jusqu'au seuil de sa demeure et nous nous retrouvions sous la voûte qu'éclairait un bec de gaz.

Ce fut un jeudi, jour de congé, que je me rendis pour la première fois chez lui, seul, et de mon propre chef. J'oublie comment l'idée m'en vint et quel prétexte je donnai pour aller en ville.

Il me fit asseoir sur un petit canapé dont il fallut retirer une dizaine de volumes…

« Qu'est-ce qui t'amène, mon garçon ? »

Je ne sus quoi répondre et devins fort rouge.

« Es-tu chargé d'une commission ?

– Non.

– As-tu quelque chose à me demander ?

– Non…

– … Une confidence à me faire ?

– Non… »

Mon oncle réfléchit et bourra sa pipe avec soin. Je demeurai plus cramoisi qu'une pomme mûre. Ayant allumé son tabac il recommença :

« Voyons, Jean, pourquoi n'oses-tu pas me parler ? Est-ce que je te fais peur ? »

M'enhardissant enfin je formulai tout d'une haleine :

« Je voudrais vous entendre jouer du piano. »

À l'instant même ces paroles me choquèrent ; je rougis davantage, et pourtant elles résumaient clairement ma pensée.

Autrefois, sans doute, j'avais écouté mon oncle au piano ; je ne m'en souvenais guère, mais quelque chose en moi, certes, s'était souvenu.

Il s'accouda au dossier de sa chaise et me regarda longuement, mais comme sans me voir. Puis il se leva, posa sa pipe et s'assit devant le clavier.

« La *Sonate en la bémol,* de Beethoven, dit-il. »

Que d'années depuis ce moment-là ! Et pourtant rien ne s'est effacé. Le piano est ouvert, je revois son couvercle usé, ses touches jaunies et le dos de mon oncle qui remue de droite et de gauche…

D'abord une mélodie sombre et grave, une harmonie parfaite qui me traverse tout de suite du haut en bas. Une belle phrase riche et large, un peu voilée, enveloppée, dont les notes, une à une, frappent en moi comme du métal sur du métal… Phrase pure, quel écho réveilles-tu, quelle vibration connue, éprouvée, qui se prolonge plus avant ? La cloche ! Ma cloche d'église dans le soir… Ma cloche aux sonorités voyageuses… Mille lambeaux dans cet éclair. Une vision précise de lac, de crépuscules, une intuition aiguë de souffrances ignorées et de joies… Une force qui projette mon cœur comme un battant contre un airain tremblant… Une cadence très lente me balance longuement au bout d'un levier invisible. Puis tout un poème se dessine : un jeune homme s'en va vers le village dont surgissent les toits au bout des sillons. Il marche, paisible et sûr, rythmant son pas, la tête levée, les yeux avides déjà d'un clair visage… Ensuite la nuit tombe, des feux s'allument, la lune se lève au-dessus des arbres, et le chant du début reprend plus gravement. Il me semble entrevoir des choses mal comprises et secrètes. Le jeune homme et une fille se retrouvent à l'entrée d'un chemin ; ils s'enlacent, ils inclinent la tête l'un vers l'autre. D'obscures inquiétudes me travaillent et une appréhension délicieuse. La vie d'un homme est-elle donc liée si fortement à ces visages plus doux que les nôtres, est-elle liée par ces bras ronds, par ces cheveux longs qu'on voit, parfois, flotter sur les épaules des femmes ? Et cette musique m'enveloppe ainsi. Parfois c'est comme une caresse, puis de nouveau comme une force, une puissance surhumaine.

Je regardais mon oncle. Il avait rejeté la tête en arrière et j'apercevais sa figure de profil ; elle semblait plus grave qu'à l'ordinaire, en quelque sorte plus solennelle. Levant subitement ses deux mains du clavier et, les notes se mêlant encore, il prononça :

« La *Marche funèbre.* »

Les premiers accords éclatèrent, sonores comme des cuivres. La marche funèbre… la mort ! Pourquoi la mort venant détruire tout ce que j'avais imaginé de vie et de tendresse ? Pourquoi la mort ? Je ne savais rien d'elle. Quelques souvenirs seulement d'un temps très ancien, quand on m'avait dit que mon père était mort ; et ma mère c'était encore plus lointain, au temps de Noël, dans une ville du Midi. Mais j'avais presque oublié et désappris ce mot. D'autres y songeaient – Beethoven – et il avait vécu avec cette pensée. Les accords se succédaient, pareils aux piétinements d'une foule en marche ; puis le tambour, les clairons… et voilà qu'un chant de douleur monte, un désespoir, une lamentation d'homme vaincu. Quelle est cette voix ? Est-ce celle du jeune fiancé dont la joie a sombré ? Celle de Beethoven ? Celle de mon oncle, de cet oncle si étrange et que j'aimai de toutes mes forces en cette minute inoubliable ?

Enfin le frémissant allegro… : je frissonnais de saisissement et d'amour. Et pourtant je ne comprenais pas encore. Mais la lumière m'avait ébloui, éclairant au fond de moi des régions insoupçonnées, régions sombres de l'instinct où dorment d'autres nous-mêmes, plus purs ou plus mauvais, et qui s'éveillent au son du miracle ; âmes frivoles, concentrées, voluptueuses, où nous retrouvons toujours la nôtre, mais changée, commandée par une autre, prisonnière.

La dernière note, tenue par la pédale, mourut lentement, emportant l'ultime grondement de l'orage, et il n'y eut plus rien dans le silence que le roucoulement d'un pigeon.

Mon oncle se tourna sur son tabouret, prit sa pipe et la ralluma. Il fit ces choses mécaniquement et sa pensée était ailleurs. Peut-être même avait-il oublié ma présence. Mais, pour la seconde fois, je sentis que le silence s'imposait, et vraiment il m'eût été impossible de trouver quelque parole.

« Tu verras, dit mon oncle enfin, si tu aimes la musique, à quelle source intarissable tu pourras goûter. Car elle se donne généreusement et selon nos besoins. Tu y puiseras la joie, l'inspiration nécessaire aux jeunesses vigoureuses, les saines disciplines, parfois la mélancolie, plus tard les consolations, les résignations, la sagesse. Tu es bien jeune, et je suis vieux, et mon temps est passé. Ils te diront que ma vie est manquée !… Oui, ton grand-père et eux tous… Est-ce qu'ils savent ? Est-ce qu'ils souffrent ? Ne vont-ils point, comme tous ceux de cette ville, le cœur ignorant de tous les grands désirs ? Eh ! ce sont des scientifiques, des cornues de laboratoire, des gens de loi ou de machines… des propriétaires ! Ah ! bigre ! est-ce assez loin d'eux la musique, et la forme, et le faste, et le décor, et la beauté ! Mais la beauté n'est qu'une idée et il faut convenir qu'il y a plus d'hommes que d'idées : chacun n'en aurait pas sa part. »

Mon oncle se promenait d'une pièce à l'autre, louvoyant entre les tables, les sièges, les commodes.

« Ont-ils le temps ? S'occupe-t-on de ces bêtises ? Est-ce que ça ne produit pas de vieux ratés, comme moi ? »

Il s'arrêta de marcher, répéta ce mot plusieurs fois : « Un raté… un vieux raté ! »

– Eh oui ! regarde-moi bien, mon garçon, et tu verras comment est fait un raté. »

Et il murmura d'autres choses que je ne compris pas bien : « Les barbares… les honnêtes gens d'autrefois… les morts… » Il coupait ce monologue par des exclamations :

« Ah ! les cuistres ! Gagner de l'argent, s'enfermer dans des bureaux, compter, additionner, carotter… Voilà ce qu'ils appellent vivre utilement. Alors tu comprends, n'est-ce pas, les artistes… tous des imbéciles, des idiots, des pauvres, des bohémiens ! » Mon oncle était devenu fort rouge.

« Ah ! bigre ! c'est qu'il faut du cœur pour mériter d'être artiste. Il faut quelque chose ici et quelque chose là (il se frappa le front et la poitrine). »

Puis, après un long silence, ayant repris son calme :

« Quant à moi j'ai vécu sans ambition, sans vanité, sans renommée. Mais j'ai été heureux, et c'est bien quelque chose. Je mènerai jusqu'au bout, apparemment, ma vie de raté. Et d'ailleurs je ne te la souhaite pas, ni à toi, ni à d'autres. Il y faut mettre quelque grandeur d'âme ; la gloire s'achète moins cher que la philosophie. »

Pourquoi ne contai-je point cette visite à mes grands-parents, ni à mon frère, ni à M. Florent ? Quel instinct me révéla que de telles heures devaient rester secrètes ? Je ne sais. Peut-être l'obscur pressentiment qu'on me les défendrait. Mais, les sachant peu répréhensibles dans le fond, elles m'apparaissaient comme une première étape vers mon indépendance.

Je retournai dans le petit appartement de la cour de Saint-Pierre. Mon oncle fut plus surpris que je ne m'y attendais.

« Encore toi ! Te permet-on de venir me voir si souvent ? »

Lorsque je me fus expliqué :

« Baste ! Cela ne me regarde pas après tout. » Et il me joua cette fois les *Scènes enfantines,* de Schumann, puis le *Carnaval*, qui ressemble à un album d'images : *Eusébius* au sourire mélancolique, *Arlequin* avec son bonnet pointu tout cousu de grelots d'argent, *Pierrot* qui ne sait faire que deux révérences, les répète dix fois de suite, disparaît dans un éclat de rire et sur une pirouette ; *Chiarina* chante sa mélodie passionnée, et *Promenade*, et *Papillons*, et la brillante *Marche Finale*.

Un autre jour, ce fut la *Sonate du Clair de Lune*, un Nocturne de Chopin ; et plus tard, une Fugue de Bach. Il me donna à lire une « Vie des Grands Musiciens », ouvrage orné de portraits, et je fus transporté d'enthousiasme autant par leurs traits ravagés ou rêveurs que par le récit de leurs existences féeriques. Ils me devinrent plus chers que tous les hommes illustres de Plutarque. J'aimai le jeune Mozart qui, à mon âge, avait donné de grands concerts, publié deux opéras, écrit une messe solennelle ; Beethoven, le terrible et mystérieux, dont le nom évoqua toujours en moi la sonate avec marche funèbre ; Jean-Sébastien Bach, plus sévère, et pour lequel je devais me passionner bien des années après ; et Czerny que j'ai maudit cent fois ; et Chopin, le plus doux, le plus sombre, le plus exquis.

Chapitre IX

À cause de ce grand amour de la musique, il fut décidé que je prendrais des leçons de piano. Sur la recommandation de l'oncle Paul, on m'envoya chez Mlle Georgine, professeur, rue Etienne-

Dumont, à Genève. Dans une très ancienne maison, sombre, qui sentait la soupe, et où le gaz brûlait toute la journée, Mlle Georgine habitait au troisième étage. C'était une vieille fille de trente-cinq à quarante ans, assez coquette, qui aimait les chats, les confitures et le piano. Elle avait couvert les murs de son salon de petits éventails japonais en papier peint. Je la trouvais jolie parce qu'elle avait de beaux cheveux d'un roux éclatant et de longs yeux noirs frangés de cils recourbés.

Comme mon oncle l'avait prédit, mes doigts étaient raides et tout à fait maladroits. Je fus longtemps avant de pouvoir jouer la gamme de *do* majeur. Mademoiselle posait sa main douce et maigre sur la mienne pour la guider, ce qui me faisait rougir comme une fille. Il arrivait souvent que ces leçons duraient bien au delà de l'heure convenue, car je montrais une grande application et un vif désir de savoir, et puis j'avais des dispositions, comme disait ma maîtresse. Alors elle me retenait à goûter. Elle préparait le thé pendant que je mangeais ses confitures en lui parlant du lac et des bateaux. Quelquefois elle se mettait elle-même au piano et me jouait toutes sortes de choses, à ma fantaisie. Je demandais toujours le Carnaval de Schumann, un Nocturne de Chopin, ou la sonate en *la* bémol. Ce choix l'étonnait : « Mais qui a pu vous donner ce goût-là ? » J'avouai que c'était mon oncle. Elle se mit à parler de lui avec admiration. Elle le connaissait depuis longtemps, parce qu'il faisait partie du jury pour les classes supérieures du Conservatoire. Il s'était toujours montré bienveillant envers elle. « Quel artiste, disait-elle, quel grand artiste ! » Chez nous ce mot était synonyme de farceur, de blagueur. On disait d'Honoré : quel artiste ! ou bien de M. Riboulet ; mais ce qualificatif renfermait sa pointe de mépris indulgent. Maintenant il m'apparaissait tout autrement.

Et, en sortant de la pauvre maison où habitait ma maîtresse de piano, en dévalant l'étroite rue Etienne-Dumont, je sentais se dilater ma poitrine comme si quelque grande joie me fût venue tout à coup. Je ne regardais pas les devantures des boutiques, ni le monde dans les rues ; je courais, je bondissais jusqu'au port avec cette lumière au fond de moi.

Le bateau de cinq heures attendait, amarré à la jetée des Pâquis ; c'était le *Dauphin.* J'embarquais, j'allais me mettre tout à l'avant pour voir courir la proue à la rencontre des vagues. Les passagers arrivaient un à un, s'installaient, casaient leurs paniers, leurs paquets, toutes leurs provisions ; on passait dans la cabine du capitaine pour prendre son billet, puis le *Dauphin* se mettait en route. Les roues battaient l'eau lentement et il se faisait un remous violent tout le long de la coque, blanche écume formée par des millions de bulles d'air. Le bateau virait sur lui-même, piquait entre les jetées vers le large, les palettes battaient plus vite et le pilote prenait la direction de Bellevue. Alors je sentais, sur le bastingage, le frémissement léger des machines ; j'ôtais ma casquette pour que le vent me traversât les cheveux et je recevais la brise en plein visage. Dans ces moments-là, j'éprouvais mieux qu'ailleurs les forces nouvelles qui m'étaient venues et je les goûtais avec volupté. Tout me semblait facile et certain.

C'est ainsi que, pour la première fois, à bord de ce *Dauphin*, notre vieux paysage me parut insuffisant. Il me fallait plus d'air, plus d'eau, plus d'espace… à moi qui ne connaissais rien autre que la pente douce du Voiron, l'implacable Mont-Blanc, l'étroite nappe d'eau et la sombre muraille du Jura. Il me venait, par bouffées, des désirs d'autre chose… d'océan, de plaines, de villes énormes.

J'imaginais des contrées ardentes et passionnées comme mon cœur, des peuples rudes et pauvres, des plages désolées, des hommes vaillants et beaux. J'évoquais des cités fabuleuses dont j'eusse voulu goûter toutes les fièvres, toutes les détresses. Qu'était-ce qu'une seule vie pour apaiser l'orage que je sentais monter en moi du fond des placides générations qui m'avaient précédé ? Et combien robustes déjà mes bras, mes mains, pour tout ce que j'étais résolu à saisir, à posséder !

On se rappelle ces instants. Ils sont comme de larges éclaircies, comme des visions. Ce sont ces violents souhaits mal définis qui vous jettent en avant dans la vie, sans qu'on sache au juste ni comment, ni pourquoi.

Elles me parurent presque fades, en haut de leurs pelouses, les belles villas qui abritaient les familles des riches et je pensais avec une sorte de colère à leurs habitants pacifiques, placides et satisfaits. Elles étaient mesquines, ces chaloupes aux voiles trop blanches qui glissaient sur l'eau trop douce ; il y avait trop de calme partout, trop de rose dans le soir, trop de mollesse. Puis, par contre-coup, je me reportais vers l'oncle Paul et le voyais seul dans sa tanière, penché sur ses partitions, avec ses grosses lunettes d'écaille sur le front. Là brûlait une autre vie pourtant, plus fière, plus grave, plus héroïque, plus semblable à celle des grands…

Et me voilà rentrant à la maison avec des joues enflammées. L'aïeule somnolait dans quelque fauteuil, un ouvrage sur les genoux ; grand-père recopiait ses notes. On m'accueillait par des plaisanteries : « Monsieur le pianiste ! Monsieur le Chef d'orchestre ! Monsieur le Compositeur ! » Mais la bonne soirée paisible venait ensuite, sous les lampes. M. Florent faisait une lecture à haute voix ; grand-père jouait aux « dames » avec l'un de nous. Et, le jour suivant, ma fièvre était tombée quand je retrouvais le cher lac où fuyaient des barques aux ailes croisées.

Chapitre X

C'est l'année suivante, je crois, que nous entreprîmes notre premier « tour du lac ». Ce projet effrayait beaucoup ma grand'mère.

« Le tour du lac en bateau ! Seuls ! Sans matelots ! Mais, Charles, quelle folie !

– Ma bonne, quand j'avais leur âge je l'ai faite aussi, cette folie, et je ne m'en porte pas plus mal. Il est utile que ces gamins apprennent à se tirer d'affaire sans le secours de personne. Je leur donnerai l'excellente carte du Dr Morel, des conseils, quelque argent et ma bénédiction. »

Il fut décidé en outre que l'ami René nous accompagnerait, un camarade d'un an ou deux plus âgé que moi, un bon gros garçon réjoui, malicieux, gourmand, et qui nous dépassait de toute l'importance de sa moustache naissante.

On équipa le *Papillon*, une lourde péniche à trois voiles « qui tenait tous les temps ». Elle fut repeinte pour la circonstance, on y ajouta une seconde paire de rames ; on nous donna deux ancres, des cordes neuves, une lanterne pour le voyage de nuit. René parlait d'une boussole et d'un baromètre, mais, en dernier lieu, ces objets furent jugés inutiles. Chacun eut droit à sa valise contenant des vêtements de rechange et nos petits ustensiles de toilette. Je me munis d'un fort cahier pour rédiger le *Journal de Bord*. Et grand'mère s'occupa du panier à provisions. Ce ne fut pas la moindre affaire.

René proposait d'emporter douze boîtes de conserves, une caisse de fruits, une autre de biscuits, douze pots de confitures, un petit jambon et une lampe à alcool pour faire du thé. Pendant toute la semaine qui précéda notre départ, il apporta en cachette des bouteilles de vin et nous les dissimulions dans la cabane du port, sous des voiles.

Nous partîmes à la pleine lune, au mois de juillet. Grand-père nous remit à chacun vingt francs. Grand'mère descendit jusqu'au bord du lac, nous embrassa, et, à la dernière minute, me glissa un petit volume entre les doigts : c'était l'Évangile selon Saint Luc. Je le mis furtivement dans ma poche. On embarqua. Edmond jeta la bouée et le *Papillon* ouvrit ses ailes.

Dès que nous eûmes pris le large, René s'employa à ranger avec méthode les bouteilles au frais, sous les payots. Douze flacons, et de fameux ! C'étaient en effet six *Villeneuve,* quatre *Dézaley,* et un couple de *Fendant du Valais.* Puis il tira de sa poche un paquet de tabac et une pipe de bois. Nous l'observions, pénétrés d'admiration pour tant de sage prévoyance.

« Qu'avez-vous emporté comme lecture, demanda-t-il ? »

Je montrai *l'Odyssée,* dans la noble traduction de Leconte de Lisle, et j'en récitai la première phrase par cœur, car M. Florent, la veille encore, et en me pinçant le bras, l'avait gravée à tout jamais dans ma mémoire : « *Dis-moi, Muse, cet homme subtil qui erra si longtemps après qu'il eut renversé la citadelle sacrée de Troie…* »

René, souriant avec mépris, sortit de son sac un volume empaqueté dans la *Tribune de Genève.* L'ayant développé lentement, il nous le montra. *C'était La Faute de l'Abbé Mouret.* Et ce nom : Zola, dansait sur la couverture jaune comme un diable dans une cuve de soufre.

Chapitre X

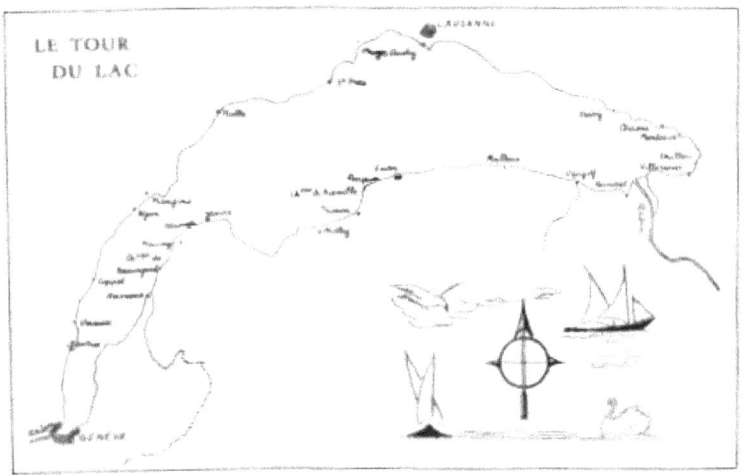

Mais je le possède encore, ce vieux Journal de Bord aux marges souillées, brûlées, racornies. Pour sa trop grande fidélité il demeura secret. Si je lui trouve aujourd'hui quelque charme, c'est sans doute pour son tour naïf et sincère. Je le transcris ici, ayant soin de n'y apporter que les retouches indispensables.

« *Mardi* 15 *juillet* 18…

« À dix heures trente-cinq minutes, par faible brise du N.-N.-O. le cotre *Papillon* a quitté son mouillage emmenant trois passagers : le capitaine Jean, le matelot Edmond, le maître-queux René. Temps au beau fixe. Le maître-queux fume sans arrêt son brûle-gueule et passe en revue les provisions. Au large de Versoix à onze heures quinze, on signale quelques navires sans importance. Forte chaleur. Le maître-queux propose de décoiffer une Villeneuve ; repoussé à l'unanimité moins une voix. Satisfaction lui est donnée à midi trente, heure choisie pour le déjeuner. Menu : sardines, langue de bœuf, salade, fruits, Villeneuve frappé. Les « airs » augmentent vers deux heures et portent le *Papillon* à la hauteur d'Hermance. On vire de bord ; cela dérange le maître-queux qui continue de manger et ne prend aucun intérêt à la manœuvre. Il est vivement blâmé pour son indifférence en matière sportive. Le maître-queux répond qu'il s'en moque, rallume sa bouffarde, s'installe sur le meilleur coussin et consent à trouver le paysage « assez joli ». La vieille tour d'Hermance ne lui arrache aucune exclamation admirative. Il s'obstine à dire « qu'il la connaît depuis longtemps et qu'on la voit de partout ». De deux heures à quatre heures, rien. Calme. À certains indices le capitaine constate que le cotre *Papillon* n'a pas fait cent mètres depuis cent vingt minutes. Le matelot parle de ramer. À ces mots une vive inquiétude se peint sur les traits du reste de l'équipage. Repoussé à l'unanimité moins une voix. Par le travers du château de Beauregard. Grand effet dans le genre murailles, donjon, oubliettes et chambre de torture. On songe aux admirables figures de rhétorique que ce spectacle eût inspiré à M. Florent. On décore séance tenante M. Florent du nom de « vieux grammairien mal lavé », et on passe outre avec une légère brise de « môlaine ». Par le travers de Nernier à six heures trente. Salut au drapeau tricolore qui flotte sur une auberge. Le matelot observe que le clocher de l'église a la forme d'un bonnet d'arlequin. Ceci est reconnu exact. Le matelot demande pourquoi l'on donne à des objets aussi sérieux que des clochers une apparence aussi grotesque ? On décide d'embarrasser au retour le théologien Florent en lui proposant ce problème.

« À sept heures trente : Yvoire. Le *Papillon* aborde dans le port du Châlet des Châtaigniers. Le maître-queux débarque les provisions et surveille leur transbordement au Châlet.

« Bain au lac. Mais les costumes ont été oubliés ! L'équipage se passe de costumes…

« Le soleil tombe derrière les montagnes, un silence paisible s'établit ; une barque semblable à une mouette fatiguée croise ses ailes grises ; etc… (mouvement à finir).

« Neuf heures : le dîner a été quelque peu rabelaisien. On a tordu le col à deux bouteilles de Dézaley grand cru. Le matelot se sent seul. Le capitaine parle musique et dit des bêtises sous un ciel serein.

« Dix heures : on goûte au Fendant du Valais pour voir ce qu'il vaut.

« Onze heures : le matelot se sent de plus en plus seul.

« Onze heures et demie : « Dis-moi, Muse, cet homme subtil qui erra si longtemps après qu'il eut renversé… »

« Minuit : Illisible.

« *Seconde journée : mercredi 16 juillet.*

« Vers huit heures, le *Papillon* prend le large. Toujours le beau fixe. Et voici le paysage : une large nappe presque blanche, striée de lignes foncées qui sont les perchoirs du vent ; une nappe immense tendue depuis le château d'Yvoire jusqu'à l'horizon dentelé des Rochers de Naye. À notre droite, l'abondante et sauvage Savoie, avec son rivage silencieux, presque désert, et tout semé de cailloux, ses larges montagnes bleues de forêts et sa seule canine courbe et nue : la Dent d'Oche. À notre gauche, bien loin, pareil au bord arrondi d'une coupe, le Jura, « notre vieux père le Jura », comme dit M. Florent qui est né dans le Val de Travers. Et on devine, malgré la distance, les plaines du Gros de Vaud, les pentes douces couvertes de vignobles, et les riches maisons suisses, bien crépies, les postes fédérales, les écoles, les auberges pleines de monde et de gardes champêtres. Car le Grand Lac ne ressemble pas au Petit, et Rolle ne ressemble ni à Nernier, ni à Thonon. Chaque pays a son visage et le jardin du voisin est bien différent du vôtre.

« Pour le moment nous lisons *La Faute de l'Abbé Mouret*. Le maître-queux lit à haute voix. Ce n'est guère intéressant jusqu'à présent. On n'y comprend pas grand'chose, sinon que l'abbé est une espèce de saint.

« Vers dix heures et demie *l'Helvétie,* de la Compagnie Générale de Navigation, nous dépasse. Échange de saluts. On se replonge dans *l'Abbé Mouret.*

« À midi, toujours *l'Abbé Mouret.*

« L'heure du déjeuner a été presque oubliée. L'équipage n'a guère faim, mais par contre une soif dévorante. La lecture est interrompue ; sieste. *Abbé Mouret.* Nous allons vers des étonnements prodigieux. Quel pays que les Artaud ! Quelles fleurs ! Quels arbres ! Quelles filles ! Tout cela est-il bien possible ? Notre plaisir est un peu gâté à l'idée que c'est une invention de M. Zola. Il n'existe pas de si beau jardin que le Paradou, il n'existe pas de tels parfums, ni de fille comme Albine, libre de courir partout demi nue, une fille presque sauvage ; et pourtant tout ce qu'elle dit est doux comme une poésie.

« Le *Papillon* file un bon bord pendant l'après-midi. Loin devant nous sont les pointes de la Dranse, plantées de peupliers. Ce matin de bonne heure ils semblaient flotter dans le ciel et maintenant trois d'entre eux jaillissent hors de l'eau comme le trident de Neptune. Qu'il est calme, ce Haut Lac. À peine y voit-on quelques barques. Il y en a quatre au large, tout à fait immobiles, et deux qui s'en vont à l'étire le long de la côte. Les matelots des barques, les « bakounis », habitent à bord, parfois avec femmes et enfants. Ce sont, pour la plupart, des Savoyards. La nuit on les entend chanter une musique triste. À mesure qu'on avance vers le Haut Lac tout devient plus sévère ; c'est parce que les montagnes approchent avec toute leur ombre.

« Nous ne lisons plus. Il y a une grande douceur dans ce calme.

« Un peu plus loin : Ripaille, château historique. Faire ripaille, faire bombance, locution complaisamment expliquée et commentée par le sieur Florent. Le maître-queux se sent plein d'appétit rien qu'à passer si près de ces vieilles murailles. Il propose de ne pas dîner à bord. Nous attendrons d'être à Évian où il connaît un cabaret fameux. Adopté, enfin, à l'unanimité.

« Le *Papillon* file toujours en rasant la côte, sous les murs du parc immense. Il y a une petite tour ronde au bord du lac et un noyer captif dans la tour ; il montre sa tête au-dessus des pierres et tend vers le soleil ses bras désespérés.

« Puis voici les pointes de la Dranse, les cailloux blancs sur lesquels la rivière sautille.

« *Écrit à dix heures du soir, Hôtel-restaurant Célestin :*

« Le *Papillon* est arrivé sans encombre à Évian. L'équipage a débarqué et s'est installé chez Célestin. Repas exquis élaboré par le maître-queux et le nommé Célestin. Ô souvenons-nous de la ferra sauce genevoise, des aubergines frites, du poulet en cocotte et du Chambertin. Quelqu'un demandera : « Et l'eau d'Évian ? » À quoi nous répondrons en grands seigneurs : « Elle servit, ce soir-là, à rincer la vaisselle. »

« M. Célestin apporte lui-même la note : trente-six francs cinquante ! L'équipage refait trois fois l'addition sans y trouver d'erreur. L'équipage paye et la fortune du bord est réduite à vingt-trois francs cinquante. L'équipage tout entier se contente d'une chambre unique ; il y aura un lit pour deux et le canapé pour un homme tout seul.

« *Troisième journée : jeudi 17 juillet.*

« Nuit mouvementée ! *La Faute de l'Abbé Mouret* nous empêcha longtemps de dormir car René en fit une copieuse lecture. L'abbé ne semble plus être abbé. Albine et lui vivent comme Adam et Ève au cœur du Paradou.

« Vers deux heures du matin, un craquement… le lit s'était effondré ! Il fallut, dès l'aube, vu la modicité de nos ressources, déménager à la cloche de bois. Et maintenant le *Papillon* reprend sa route. Nous profitons d'un mince « rebat » pour courir des bordées le long de la côte.

« C'est ici que l'eau est profonde et noire, comme dans les lacs de montagne. Chez nous les montagnes sont lointaines. Mais depuis Évian elles se rapprochent toujours davantage et, à Saint-Gingolph, elles obliquent par la vallée du Rhône pour former les Alpes valaisannes. Partout où sont des montagnes il y a de l'ombre et du silence et du froid.

« À Meillerie les rochers s'élèvent à pic ; c'est le pays des pierres et des barques. Les carrières, au flanc de la montagne, sont comme de larges blessures. On entend quelquefois le bruit sourd d'une mine qui saute, puis on voit rouler des cailloux et il en tombe jusque dans le lac. Mais au-dessus de ses plaies ouvertes la montagne triomphe aisément des hommes et l'on aperçoit, très haut, sa froide Cornette éventée.

« En bas : le port, le grand nid des barques aux ailes pointues. Car c'est ici qu'elles s'assemblent toutes, les savoyardes, les vaudoises et celles de Genève pour faire leurs chargements. Serrées les unes contre les autres, leurs voiles carguées, elles sont reliées à la terre par des planches et sur ces planches vont et viennent des hommes avec des brouettes pleines de pierres, de « meilleries » comme on les appelle. De temps en temps l'une d'elles écarte ses antennes et déroule sa toile. Alors, son ventre noir immergé, elle glisse silencieusement vers le large. Son voyage sera long s'il fait calme, et les riverains verront la grande barque lumineuse dans les crépuscules, ou bien, s'ils se promènent sur les berges, la nuit, ils verront les doubles et noirs triangles immobiles sous la lune.

« Midi. Le *Papillon* se trouve en face de Saint-Gingolph, village frontière entre la France et la Suisse. Un petit ruisseau sépare les deux pays, un mince ruisseau de rien du tout sur lequel passe un pont. D'un côté les gendarmes français avec leurs tuniques bleues, de l'autre les douaniers de la Confédération, galonnés de laine jaune. Et voilà tout ce qu'on voit des frontières. C'est comme un seul pays qui se continue. Mais il y a quand même les différences que chacun sait. En Suisse les villages sont propres, en Savoie ils sont sales, mais si jolis ! Chez les uns on dit : *un voyâge, accidint, une bouéye, un gigueu*. Et chez les autres : Un gigôt, un voyage, une bouée, un accident. En Suisse on blâme cette prononciation affectée : « Écoutez-le voir, dit-on, il a l'accent français ! »

« Pendant l'après-midi, chacun de nous, à tour de rôle, fait la sieste. Le maître-queux prépare le thé tandis que le *Papillon* passe devant le Bouveret. C'est ici le « fond du lac », le bout du lac, la fin du lac. À dire vrai ce serait plutôt son commencement puisqu'il est formé, tout près du Bouveret, par le Rhône. On aperçoit la plaine où il coule et au delà s'ouvre l'immense vallée, fortifiée à droite et à gauche par des montagnes ; la Dent de Morcles, la Dent du Midi et les Alpes Bernoises.

« Après bien des heures nous passons au large du château de Chillon qui dresse ses murailles déflorées à jamais par la carte postale, mais évocatrices malgré tout de sièges, d'assauts, de prisonniers célèbres. Puis le *Papillon* pique sur Montreux qui se laisse rôtir au soleil comme une vieille dame frileuse. Au-dessus de cette ville, René nous montre le funiculaire de Glion, une petite cage noire qui s'élève verticalement ; on croirait un coléoptère prudent grimpant le long d'un fil.

« C'est le soir, et des fenêtres, partout, miroitent. Des hôtels, des pensions, des pensions, des hôtels ! Drapeaux suisses, drapeaux anglais, drapeaux américains, tramways, voitures, Kursaal, bateaux à vapeur, bateaux à rames. Que nous sommes loin de la côte savoyarde, de son silence et de son ombre ! Montreux n'est que vie et soleil. Du bord du *Papillon* nous devinons les jolies misses blondes, les pâtisseries, les portiers chamarrés d'or, les magasins où l'on vend des alpenstocks, des souvenirs en quartz rose et des vues du château de Chillon peintes sur des boîtes à timbres.

« Je connais un fameux petit café… hasarde le maître-queux. » Mais d'un geste le capitaine vide la bourse commune. Par pru-

Chapitre X

dence nous ne débarquerons pas. D'ailleurs la nuit promet d'être splendide et nous voulons la passer à bord.

« *Onze heures du soir* : la voici tout autour de nous, et du lac, et du monde, cette nuit d'été tendue sur nos têtes et sous la coque du bateau. Car c'est une seule nuit liquide et aérienne, avec des étoiles en haut, des étoiles en bas, une lune dans le ciel et une lune dans le lac. Nous avons fixé la lanterne à l'arrière, au petit mât d'artimon et c'est près d'elle que j'écris. Nous nous tenons très au large pour raccourcir un peu notre route. Tout là-bas clignotent les feux de Montreux, Clarens, La Tour puis Vevey que nous avons évité. Mais pourquoi mes regards se tournent-ils toujours vers le large où il n'y a rien… rien que du noir, des étoiles et ce ruban de lune qui se tortille à la surface de l'eau !

« Edmond et René dorment, étendus sur les bancs. Comme nous sommes seuls, perdus au fond de cette obscurité déserte ! Où sommes-nous ? D'après la carte ce doit être Lutry, cet étroit faisceau de lumières au ras de la côte. Mais qu'importe ! La crainte vague qui m'oppresse ne vient pas de ce doute, – on ne peut s'égarer bien longtemps sur le lac –. Cette crainte étrange naît de ceci, à quoi je n'avais jamais songé : nous ne sommes nulle part. Nous ne sommes sur aucun point défini ou fixe, repéré, mais sur une eau mobile qui, dans un instant, aura glissé ailleurs, effaçant notre sillage éphémère. Pour un peu, si peu – quelques planches de pitchpin – nous ne serions plus rattachés à rien de vivant. Le hasard d'un abordage, un trou perfide dans la coque… voilà comment la mort vous prend. Puis plus rien… Une immense nuit tranquille, pleine d'étoiles et un lac uni où continuera de tremper un ruban de lune.

« Ils ronflent. Et moi je suis responsable comme un pilote. Par ma volonté nous éviterons les barques insoucieuses qui négligent d'allumer leurs feux ; nous ne dévierons pas de notre route et le *Papillon* verra blanchir le matin. Par ma volonté ! Elle seule nous guide en ce moment. Elle me guidera plus tard aussi, dans ma vie d'homme. J'espère qu'alors elle me mènera vers les grandes belles choses entrevues ; mais il ne faut rien écrire de cela encore. Seulement, j'y songe cette nuit, devant cette double obscurité si complète où l'on ne sait plus qu'il y a des humains. Pauvres petits humains débiles quand on les compare aux puissances véritables !

Et moi qui parle de *ma* volonté, de *mon* avenir, de *mon* histoire… Est-ce que cela vaut d'être pensé, d'être noté ?

« Voici que se lève la fine brise nocturne qui a nom : « fraîs-dieu ». Le clapotis… une inclinaison légère du bateau… la flamme de ma lampe vacille.

« *Quatrième journée : vendredi 18 juillet.*

« L'aube. Il fait froid. J'ai dormi un peu, la main sur le gouvernail. Très vaguement, les montagnes, les côtes se sont dessinées, ont repris leur place, se sont soudées les unes aux autres ; lourdeur, lassitude. Malgré mes dernières réflexions d'hier, j'ai, pendant des heures, voyagé dans le temps et dans l'impossible. Sans faire au juste de projets, j'ai marqué des préférences. C'est ainsi : je ne poursuis jamais une idée avec logique et déductions, comme M. Florent m'enseigne à le faire ; je galope vers le fou, le brillant. Demi-rêve, demi-conscience. Je crois qu'il serait sage de me dire : choisis donc quelque bonne carrière pratique. Mais ma nuit s'est passée à imaginer ardemment une destinée moins simple, plus véhémente.

« Fantasmagorie rose et bleue au bout du lac : brouillards, brume, château de nuages où couve l'incendie géant par delà un mur de turquoise. Et tout à coup une flamme jaillit du faîte et le soleil bondit sur le lac, s'éparpille jusqu'à l'horizon. Le *Papillon* recueille lumière et chaleur sur ses ailes triangulaires.

« Edmond et René s'éveillent. Baignade ; nudités drolatiques aperçues à travers l'eau déformante ; corps osseux qui se sèchent ; déjeuner. Nous sommes à la hauteur d'Ouchy. Des canots se détachent du port et viennent rôder autour de nous ; on observe curieusement l'espèce de roulotte maritime à quoi nous ressemblons avec nos peignoirs entr'ouverts, nos cheveux en broussaille, les ustensiles de ménage qui jonchent les bancs, les couvertures, la lanterne de roulier accrochée au mât d'arrière. Les rameurs, en un vaudois traînard, font leurs réflexions que le maître-queux, ironique, souligne dans le plus pur des grasseyements de Genève. Lausanne, qui ressemble à un plus grand Montreux, étale orgueilleusement ses pierres de taille, ses blancheurs de ville internationale et moderne.

« Mais un courant d'air chaud nous enveloppe ; des taches zèbrent le lac ; les voiles s'enflent ; c'est la « vaudaire », le vent brûlant aux grosses vagues. En un instant le *Papillon* s'envole.

« Morges. Nous décidons d'atterrir pour renouveler nos provisions. Déjà la houle augmente et bat les murs du bon port fermé, flanqué de tourelles. Et nous éprouvons en débarquant cette sensation bizarre, que le sol remue aussi, se déplace et tangue. Nos jambes sont tout engourdies. Le maître-queux arque les siennes et ressemble à un cavalier de plomb. Edmond porte le panier et nous entrons dans le premier café venu. Notre cave remontée nous allons à la boulangerie, chez le confiseur, chez l'épicier ; puis en route de nouveau, plein vent arrière, par belle brise moutonnante.

« Mais le ciel se charge de plus en plus derrière nous ; le bout du lac est noir, déjà plein de grondements. Nous fuyons devant l'orage probable. On amène la voile d'artimon. Le maître-queux montre un visage soucieux et risque quelques plaisanteries sur les naufrages ; néanmoins il s'informe s'il existe des canots de sauvetage dans ces médiocres hameaux égrenés le long de la côte. Peu après un coup de tonnerre éclaté sur nos têtes ; c'est bien près ; on sent comme une odeur de brûlé dans l'air. Premières et larges gouttes de pluie. Alors nous n'hésitons plus, un simple déplacement de la barre à bâbord et notre péniche oblique vers une petite anse abritée au-dessous de Saint-Prex. Nous jetons l'ancre, nous baissons les voiles qui claquent et s'échappent des mains, et les rames font le reste.

« Nous voici à terre de nouveau avec le plein sentiment de notre sécurité et tout heureux de ce tapage, de ce grand mouvement auquel nous n'accordons plus que sa valeur de spectacle. Maintenant c'est beau de voir les lourdes vagues troubles et frisées, les mauves craquelures électriques sur fond gris, les nuées basses et rapides. La Savoie est invisible derrière ce rideau de pluie, ainsi du reste que le Petit Lac et même que le large. Nous sommes assis sur un mur que surplombent des arbres et le *Papillon*, tiré sur la grève, protège sous ses bancs nos sacs et nos vivres. Il tonne. La pluie cesse et reprend. Je note ces choses avec mon crayon à la hâte. Je songe aussi à grand'mère, qui doit être bien inquiète.

« *Deux heures :* nous sommes en marche de nouveau ; les voiles sèchent sous le bon vent frais et l'on respire ces autres odeurs, celles qui suivent les orages, comme, après la bataille, s'élancent des troupes ardentes et neuves. Le soleil reparaît, et aussi la rive française, et aussi, dans l'éloignement, le Petit Lac.

« Rolle. Les vignobles de La Côte ; les gros villages de vignerons où l'on entend tonner, tout à coup, le canon… le canon contre la grêle, à cause du raisin. Et parfois, malgré tout, la grêle s'abat et les récoltes sont détruites en quelques minutes… Sans parler du phylloxéra… C'est pourquoi grand-père fait arracher tous les ans d'autres plants de vigne et il les remplace par des pommes de terre. En cela il navre M. Florent, qui est un fin connaisseur, comme, paraît-il, tous les Neuchâtelois. M. Florent ne confond pas plus le nonante et le nonante-trois qu'un vers de Virgile et un vers d'Horace, et il voudrait amener grand-père à combattre le mildiou et les autres maladies par le sulfatage. Mais grand-père est obstiné et qualifie notre vin de « piquette ».

« René reprend à voix haute la lecture de *l'Abbé Mouret*. Le temps passe et l'on s'en aperçoit à peine. Toujours la côte défile sans que nous ayons à faire une manœuvre. Le vent se maintient, puis, vers le soir, il cale. Après notre dîner, nous nous trouvons à la hauteur de Promenthoux, et déjà la nuit monte. J'ai rallumé la lanterne tandis que l'autre, la grosse lanterne du ciel se balance dans les nuages.

« Notre voyage tire à sa fin. À la lumière du quinquet nous avons lu les dernières pages du roman. L'histoire se dénoue par la mort. Aucun de nous trois ne l'avait prévu. Et maintenant cela nous semble amer et vrai, presque fatal, puisque cet amour ne pouvait pas être… Pourtant non. La vie devait triompher. Elle triomphe, d'ailleurs, dans les dernières lignes : – « Serge ! Serge ! la vache a fait un veau ! »

« La vie n'est-elle pas assurée de l'éternelle victoire ?

« *Cinquième journée : samedi 19 juillet, deux heures du matin.*

« J'écris cinquième journée parce qu'il est deux heures du matin, mais c'est toujours la même nuit qui se prolonge. La lune est très haut, le silence absolu. La fraîs-dieu nous fait glisser doucement, semblables à l'ombre d'un petit nuage. Nous sommes dans ces parages où l'on reconnaît sous la lumière verte chaque arbre un peu haut, chaque mur, le glouglou des vaguelettes sous les rochers.

« Et voici qu'apparaissent comme des fantômes l'embarcadère de chez nous, la jetée du port, le peuplier, les roseaux où dort un couple de cygnes. Le bateau glisse toujours et je gouverne sur la bouée, qui flotte dans le rayon d'argent.

« Nous aussi, gagnés par le silence, nous débarquons comme des fantômes, trois fantômes chargés de ballots et qui ressemblent à des contrebandiers. Nous achèverons la nuit dans la cabane, couchés sur des voiles. Et c'est à présent seulement, en réunissant mes effets, que je retrouve le petit Évangile selon Saint Luc que m'a confié grand'mère.

« Alors je pense à l'autre livre, au livre défendu ; et, d'accord avec René, nous allons jusqu'au bout du pont, nous arrachons les pages, nous les déchirons, nous les éparpillons à la surface du lac pour qu'il en emporte les débris où bon lui semblera. »

Ici s'arrêtait mon *Journal de Bord*.

Je me rappelle encore que, pendant les journées suivantes, les vagues s'obstinèrent à ramener sur la grève des pages mutilées et des pages intactes. Grand-père, agacé, les pêchait du bout de sa canne, les faisait sécher sur des pierres et y mettait le feu. C'étaient toujours les feuilles du même volume en haut desquelles on pouvait lire : *La Faute de l'Abbé Mouret*.

Chapitre XI

Les dates ne sont pas pour moi des points de repère. Les saisons s'enchaînaient toutes en une même ronde et nulle d'entre elles n'apparaît dans mon souvenir plus lumineuse qu'une autre. Pourtant certaines heures demeurent et, celles-là, si bien mêlées à ma vie quotidienne qu'elles font partie de ce butin secret où chacun de nous puise ses rêveries les plus subtiles et les plus précieuses.

Dans leur nombre je trouve le premier concert qu'il me fût donné d'entendre. Mon oncle m'y avait invité, moi seul. Quel étonnement dans la famille ! Comment ? Pourquoi ? En vertu de quel privilège étais-je convié, moi, et pas Edmond ? Cela fut passé au compte des bizarreries du bonhomme et je partis seul dans le vieux coupé au fond duquel roulait le tonnerre.

Mon oncle m'attendait chez lui. Nous entrâmes ensemble dans la salle de concert.

Encore maintenant je revois nos places, deux fauteuils au premier rang du balcon. En bas, des centaines de têtes remuaient, et d'autres au fond des loges, et d'autres plus haut, et des centaines de mains agitaient des programmes. Mais bientôt je ne regardai plus que l'orchestre, pareil à une énorme bête, vivante, grouillante et noire, piquée de taches blanches. Il en sortait comme des gémissements, des cris, des lambeaux de mélodies, le tout souligné par un perpétuel bourdonnement d'archets frôlant les cordes basses et de voix humaines. Mon oncle me désigna chaque instrument dont la plupart m'étaient inconnus : hautbois, cors, bassons, clarinettes, ophicléide, cymbales, harpes. Un monsieur parut sur l'estrade, grand, les cheveux en bataille. On applaudit, puis il se fit un brusque silence.

Je ne me souviens pas de ce premier morceau ; je ne le suivais pas ; je ne comprenais pas. Seulement une sorte de plaisir exquis, une satisfaction intime glissa par mes oreilles, se fraya une route à travers ma poitrine, mon cœur, jusqu'au fond de mon ventre. C'était comme un sens nouveau qu'on m'aurait soudain donné et auquel j'abandonnai tout de suite un corps ardent et tendu. C'était aussi comme une puissance mise en moi et qui me gonflait, me caressait, puis m'inondait de tendresse. C'était enfin comme un écho, vibrant devant mes yeux et fouillant ma mémoire. Et, puisqu'alors tout en moi était jeune et plein de joie, la musique surexcita cette joie et cette jeunesse. Des paysages, des paysages… la grève, les vagues, des solitudes, moi… des êtres sans visage, des ombres qui s'agitaient ; des chevelures déroulées, moi… Une forêt, des nuages… Voici, je me rappelle exactement : Albine la fille sauvage du Paradou avec son amoureux. Et c'était encore moi, moi grand, moi fort, moi plein de cette fièvre qui nous transporte hors de nous-mêmes pour nous recréer à neuf, ailleurs, selon une autre volonté, au delà de notre monde vivant.

Au delà du monde vivant… Oui, c'est l'éternel prodige de la musique : une incessante création de pensées, d'images. Je voyais. C'était comme une lande au bord d'une mer, et je n'avais jamais vu ni lande, ni mer.

Je me souviens encore que mon oncle se pencha vers moi pour me dire : « Écoute bien ce qui va suivre, mon garçon. C'est une *Symphonie de Beethoven*, la neuvième, une des plus grandes œuvres qui soient nées du génie de l'homme. »

Certainement je dus faire un intense effort pour comprendre. Mais je ne me rappelle plus bien le détail. Lorsque revenaient les mesures les plus formidables, interprétées par les divers instruments à tour de rôle et que, vers la fin du scherzo, le double cri éclatait sur les cymbales, semblable à un appel désespéré, je fus bouleversé brusquement comme si le drame se jouait en moi-même. Le public disparut de ma conscience. Plus tard seulement, en étudiant la vie de Beethoven, je compris que l'épilogue de cette tragédie était celui de toute son existence tourmentée et pleine de misère. Là où tant d'autres eussent succombé, accablés par la solitude, détruits lentement par l'indifférence, l'incompréhension et le malheur, il avait su vivre, grandir toujours… Je ne connaissais encore aucune des étapes de cette ascension, tout juste la *Sonate avec marche funèbre* et celle dite du clair de lune ; en entendant cette Neuvième Symphonie je sentis obscurément mais distinctement, que je me trouvais devant sa conclusion, son apothéose.

Un arrêt brusque dans l'orchestre. Un silence plein d'attente… Alors entra, proposé par les violoncelles, ce thème surnaturel, miraculeusement calme et qui apporte l'apaisement : l'Ode à la Joie. Le chœur le reprit, le baryton d'abord, puis les basses avec leur gravité religieuse ; ensuite il s'étendit aux voix de femmes, retomba, rebondit, entraîna l'orchestre entier. Ce n'était plus l'indication suave du début ; cela grondait comme un orage, une marche triomphale. L'énorme joie me tenait par les entrailles, me donnait une envie furieuse de chanter, de mêler ma désagréable voix d'adolescent au chœur. Je ne m'appliquais plus à comprendre : tous mes désirs se confondaient en une béatitude pleine d'amour et de reconnaissance.

L'orchestre se tut. Sans doute y eut-il des battements de mains, des bravos, toutes sortes d'approbations. Je ne sais plus. Je me tournai vers mon oncle, mais je compris qu'il ne fallait pas le distraire, qu'il ne fallait pas lui parler et je crus voir des larmes dans ses yeux qu'il tenait baissés.

Bon oncle ! Au delà du monde vivant… C'est là, bien sûr, qu'il a tant vécu ! Et n'est-ce pas là que nous bâtissons tous nos plus chères demeures ?

Chapitre XII

Il me faut parler maintenant de l'Amiral. C'est encore, et malgré ce titre pompeux, un bien mince personnage. Mais l'importance que peuvent prendre dans la vie d'un enfant de si menus et singuliers héros, c'est ce que l'on aperçoit plus tard seulement, lorsque, s'appliquant à rebrousser les chemins du passé, on s'étonne d'y rencontrer toujours les mêmes petites ombres immobiles.

Oh ! qu'il était vieux, cet Amiral ! Et si vieux qu'il fût, on ne lui avait jamais connu d'autre nom que celui d'Amiral, ni d'autres vêtements que son costume en gros drap bleu à boutons de métal. Sa casquette portait une large visière au-dessus de laquelle était brodée une ancre, en fil d'or. C'est à ces diverses circonstances, je pense, qu'il devait son grade et peut-être encore au fait de n'avoir ni barbe, ni moustache, chose peu commune alors au bord de notre lac. On le voyait presque toute la journée devant sa maison, à l'entrée du village, et il bêchait son jardinet, repiquait ses salades, arrosait, sarclait, disparaissait derrière ses haricots, travaillant avec fureur à son carré de légumes.

Grand-père s'arrêtait souvent devant la petite maison ; des colloques s'engageaient :

« Bonjour Amiral ! Eh bien, et cette santé ?

– Merci, monsieur, ça marche à ma convenance.

– Beau temps, n'est-ce pas ?

– Pour sûr qu'y nous rend des points, le soleil ! »

C'était son mot ; mot obscur, d'autant plus que lorsqu'il pleuvait et que grand-père, en passant, lui criait :

« Mauvais temps, Amiral, mauvais temps ! » le vieux répondait toujours : « Y nous rend encore des points, tout de même ! »

L'Amiral participait à certaines solennités. Au printemps, par exemple, lors de la mise à l'eau des bateaux. Alors les hommes travaillaient au port et l'énorme ventre de l'*Ibis,* fraîchement verni, luisait comme une porcelaine. On sciait des planches ; on apportait des cordes ; Filion s'affairait et crachait trois fois par minute dans le lac. L'Amiral regardait tout ce beau mouvement annonciateur de l'été ; quelquefois il soulevait sa casquette pour s'éponger, bien qu'il ne travaillât point, mais la sueur des hommes lui faisait perler des gouttes sur le front. Il montrait le ciel que striaient les premières hirondelles et disait avec gravité :

« Y nous rendra quéques points aujourd'hui, bien sûr ! »

Et puis la lourde et fine coque de l'*Ibis* glissait sur le chariot ; la quille éraflait l'eau d'abord, ensuite l'avant y entrait, refoulant une vague à droite et à gauche, et le bateau filait toujours, se redressait, prenait sa ligne et flottait tout à coup sagement, en attendant qu'on vînt lui mettre sa chaîne. On s'en retournait vers la cabane où les bouteilles attendaient. L'Amiral prenait son couteau et tirait les bouchons un à un en faisant chaque fois un gros effort de tout son petit corps. Régulièrement l'un de nous demandait :

« Amiral, contez-nous votre voyage à Marseille ! »

Alors les hommes se tordaient de rire, en se frappant les cuisses. Mais l'Amiral gardait son sérieux et ne répondait pas. Et ainsi, pendant des années, je restai sans rien savoir du voyage à Marseille.

Pourtant je suis arrivé par la suite à en connaître quelque chose. Et j'appris d'abord que l'Amiral n'avait jamais été marin de sa vie. Il cultivait son bien, qui était ce carré de légumes autour de sa maison. Tous les samedis il allait porter à la ville sa hotte bien garnie de choux, de carottes et de navets : car, pour l'agriculture, c'était un fameux compère. Aussi quand il revenait du marché, sa bourse de cuir toute lourde dans sa poche, disait-il habituellement : « Pour ce qui est du solide, le grain est paré ; s'agit de veiller à présent aux risées du liquide. »

Et il s'acheminait vers le port.

En dehors de son jardin, l'Amiral n'aimait que le port, le modeste port du village qui n'était point, comme aujourd'hui, entouré de murs importants, ni orné d'un phare au feu vert. C'était un vieux port protégé par un simple enrochement de « meilleries », et les barques y étaient rudement secouées par les bises d'automne. Mais l'Amiral trouvait à ce bord de lac, à ces cailloux mal rangés, à cette grève où traînaient des souliers abandonnés, des boîtes de sardines et des fonds de chapeaux, un charme si puissant qu'il y venait régulièrement dès que ses travaux rustiques le lui permettaient. À vrai dire, le Café du Raisin, tout proche, offrait bien, lui aussi, sa tentation délicieuse. Mais avant d'y céder l'Amiral aimait à passer l'inspection des bateaux, à causer avec les bakounis, à prendre les nouvelles de Savoie et d'ailleurs. Il parlait du temps de l'autre semaine, de la pêche, des coups de tabac, de la barque neuve à trois voiles, car il avait l'esprit sans cesse tourné vers les choses nautiques ; et c'était là le miracle, qu'il ne fût pas matelot. Parfois les hommes l'invitaient à venir à leur bord, histoire de boire un verre et de fumer une pipe ; mais il faisait la sourde oreille, ou bien offrait de régaler la compagnie, à condition que ce fût au « Raisin ». Et tous lâchaient de gros rires parce qu'ils savaient bien que l'Amiral, depuis qu'on le connaissait, n'était jamais monté sur une barque. On le suivait tout de même, puisqu'il payait les tournées et l'on écoutait ses histoires, aventures merveilleuses de matelots naufragés, îles de corail, mers polaires, baleines et poissons volants. Les hommes, au bout d'un moment, se poussaient du coude puis se touchaient le front. Et l'Amiral, pour les confondre, allait chercher un gros livre où ces choses étonnantes étaient consignées et même illustrées par plusieurs gravures. Alors il se moquait des bakounis, de leur lac avec ses deux petites îles de Rolle et de Clarens, et il s'en retournait chez lui, son livre sous le bras et sa casquette un peu chavirée sur l'oreille.

Or, il advint que l'Amiral, vers la cinquantaine, se maria. Sa femme était veuve et vieille, mais elle avait du bien. Les amis se cotisèrent pour offrir quelque chose au bonhomme : il parlait d'un voyage à Marseille. Grand-père arrondit la somme et l'Amiral partit avec son épouse. On ne connut jamais très bien le fond de cette histoire. L'Amiral, à son retour, fut muet comme s'il avait eu là-bas l'un de ces chagrins qui jettent sur toute une vie un voile triste et donnent à certaines personnes un air de mystère qui les placent tout de suite très loin de nous, très en dehors de nos préoccupations. Sa figure imberbe sembla s'être encore creusée sous l'effort de quelque nouvelle hantise. Sa femme ne voulut jamais parler. Elle prétendit que leur voyage s'était fort bien passé et que Marseille est la plus belle ville de France. Mais on aperçoit bien qu'elle disait cela à seule fin de faire enrager le monde. De méchantes gens prétendirent que le couple était resté tranquillement à Genève. Un marin de Cannes en donna le démenti pour l'avoir rencontré sur la Cannebière, et il déclarait que l'Amiral, s'étant embarqué pour faire le tour du port de Marseille, avait été saisi d'un mal de mer si violent qu'il fallut rentrer aussitôt de peur qu'il ne se jetât à l'eau.

Je n'ai jamais cru à ces sornettes. Pourtant, chaque fois que je passais près du petit jardin, je mourais d'envie de crier comme les autres : « Eh ! l'Amiral, et ce voyage à Marseille ! » Mais toujours quelque secrète pudeur me retint devant ce vieil homme en manches de chemise qui bêchait. D'ailleurs tout cela était bien ancien et presque oublié. Seulement il arrivait une fois ou deux par an, comme je l'ai dit, dans les grandes occasions, que l'un ou l'autre rappelât l'affaire.

Si j'y pense aujourd'hui, c'est parce qu'à beaucoup de mes souvenirs d'enfance se mêle le visage maritime de ce vieux paysan. Et aussi parce que dernièrement, me promenant dans le cimetière, j'ai vu une croix de bois noir portant un nom sous lequel se détachait en lettres d'émail blanc, ce mot : l'Amiral !

Alors je réfléchis à ceci : c'est que l'Amiral avait eu un nom, comme tout le monde ! Et j'en fus prodigieusement étonné.

Chapitre XIII

Encore une paire de fameux gaillards, c'étaient les nommés Pilus et La Grêle, bateliers, pêcheurs, pirates ou bakounis, suivant les saisons ou suivant leur fantaisie.

Je crois bien qu'ils sont parmi les hommes que j'ai le plus enviés. Et d'abord, c'étaient des hommes libres.

Faisait-il beau et voyaient-ils le ciel de la nuit tout semé des étoiles du bon Dieu ? En route, les voilà qui partaient pour tendre leurs filets, et ils connaissaient les bons coins, depuis la Belotte jusqu'à la baie d'Hermance. Pleuvait-il ? Ils restaient couchés dans leur barque. Soufflait-il quelque joli séchard ? La voile de leur péniche était hissée et on l'apercevait bientôt tirant ses bords vers le Haut Lac. S'éveillaient-ils victimes d'une de ces soifs qui dévorait une partie de leur existence et toutes leurs économies ? Ils n'avaient garde de lutter contre une telle ennemie et s'abandonnaient tout de suite à ses griffes voluptueuses.

Ils étaient frères. L'aîné, Pilus, montrait une large face rubiconde barrée par une moustache grise, un corps maigre et des mains énormes. La Grêle, le bien nommé à cause d'une petite vérole qui lui avait mitraillé le visage, était plus sec encore que l'autre, plus haut sur pattes, plus noir dans l'ensemble et moins causant. Tous deux grands amis de Filion et un peu protecteurs envers moi. D'une patience à l'épreuve du temps, j'admirais leur magnifique silence qui pouvait durer des journées entières, car ils venaient souvent chez nous, au port, parce qu'il est bon pour les perches.

Ils restaient sur leur bateau qu'ils attachaient au mur et péchaient dans l'ombre des pierres.

Je m'asseyais au bout de l'embarcadère et je jetais ma ligne ; mais, malgré les conseils du « Parfait Guide Manuel », je ne prenais pas grand'chose tandis qu'autour d'eux « ça piquait » continuellement.

Comme j'enviais leur indépendance, leurs pipes et leur savoir-faire ! Quelquefois je les interrogeais :

« Eh ! Pilus.

– Quéqu'y a…

– Ça mord ?

– Des fois. »

C'était tout. Les petites vagues du calme venaient baver sur les pierres. Le soleil brûlait si fort qu'on voyait danser comme des flammes d'air au-dessus des choses.

Pleine de remords, ma pensée s'en retournait vers mon oncle, vers la musique, vers les compositeurs. Je me disais : « Eux, ils entendent en eux-mêmes des voix… Ils vivent d'une double existence, comme moi, un soir, au concert… Maintenant je n'entends plus rien… Je suis là comme une plante… » Et pourtant la douceur de ma vie me faisait une âme reconnaissante. Dans la péniche, de brèves paroles s'échangeaient :

« Y fait soif.

– Charrette. »

Je levais la tête et regardais les deux frères se tendre la bouteille dont ils buvaient l'un après l'autre, à même le goulot.

Certains jours ils venaient trois. Alors ce troisième, c'était Jean-Marie, rude soulard et ancien licencié de la faculté ès lettres. Celui-là avait toujours son Virgile dans la poche, un tout petit Virgile crasseux, d'une édition ancienne. Il en déclamait des tirades par cœur, à la juste colère de Pilus qui affirmait que les perches détestent le charabia. La Grêle émettait un rire sec comme lui et disait : « C'est-y savant ce bougre d'agnoti-là ! »

Mais le vrai beau moment, c'était l'heure du bain, lorsqu'apparaissait M. Florent, son peignoir et son caleçon sous le bras, son lorgnon déjà dardé vers l'étrange groupe que formaient les trois amis dans leur canot, l'un pêchant, l'autre buvant et le troisième feuilletant son Elzévir.

« Bonsoir, magister ! criait Jean-Marie, que les dieux de l'Olympe te soient propices, et en particulier le divin Bacchus au cœur indulgent ! Amen.

– Messieurs, messieurs, répondait mon précepteur avec sa politesse coutumière, veuillez vous éloigner, je vous prie, et laissez-nous prendre tranquillement notre bain, ces jeunes gens et moi ; vous pourrez revenir ensuite s'il vous plaît. » Pilus grondait sourdement : « Le lac est à tout le monde, bien sûr. »

Et maître Florent, sachant que ses prières seraient vaines, entrait lentement dans la cabane pour se dévêtir. Il y mettait plus de temps encore qu'à l'ordinaire, rangeait dans un ordre parfait ses chaussettes et ses camisoles, nouait et renouait sa ceinture de liège, ne se montrait enfin qu'après avoir donné à l'ennemi le temps de s'éloigner dix fois. Déjà nous barbotions, Edmond et moi, les nerfs tendus par l'attente.

Jean-Marie, apercevant enfin notre maître marchant sur les cailloux, l'apostrophait aussitôt : « Illustre Apollon, très illustre messager, entouré d'un nuage brillant tu viens à moi, modeste gardien des barques. Et j'admire avec quelle aisance tu commandes aux flots tumultueux et comme le soleil lui-même s'obscurcit devant le fils du puissant Kronos. Voyez comme les eaux se divisent lorsqu'il lève son pied d'airain ! Les vagues se creusent autour de lui et il avance d'une foulée puissante, comme le bœuf aux yeux tristes avance dans le sillon. »

Maître Florent tournait vers le parleur une échine dédaigneuse et trempait d'un seul coup son corps jusqu'au col. Il répétait cet exercice plusieurs fois ; en se relevant et en s'abaissant, son caleçon trop large épousait de la façon la plus saugrenue les rares lignes courbes de sa personne.

« Voyez, voyez, criait Jean-Marie, le doigt tendu, le dieu plein de ruses a pris la figure d'une femme très belle et ses armes n'en sont que plus redoutables. Comment saurions-nous échapper maintenant aux paroles mielleuses d'une fille de Téthys ! » Mais M. Florent opposait une âme stoïque et un silence de bon goût à l'éloquence verbeuse de Jean-Marie. Il continuait avec méthode ses exercices de gymnastique, remuait les épaules, le torse, la tête, se frottait énergiquement la poitrine, sans consentir jamais à répondre de la façon péremptoire qu'il savait. Puis il sortait de l'eau en prononçant à voix sourde quelques paroles incompréhensibles, mais je crois qu'elles lui étaient arrachées plutôt par le supplice des cailloux pointus que par l'insupportable rhétorique de son persécuteur.

« Adieu, pédagogue charmant, ajoutait celui-ci en agitant sa bouteille. Adieu homme vertueux ! Et si le cœur t'en dit jamais, viens manger la friture dans mon château ; à défaut des nobles manières tu y trouveras du vin bouché et de vieux camarades moins fiers que toi. »

C'est ainsi que nous apprîmes, une belle fois, les anciennes relations de notre maître avec ce fainéant.

« Vous le connaissez donc, Monsieur ?

– Je l'ai fort bien connu autrefois, en effet ; nous avons passé ensemble notre baccalauréat. C'était un garçon intelligent mais faible de caractère et toujours le dernier de la classe. Il ne manquait pas, cependant, d'un certain goût pour les bonnes lettres, ni de quelque originalité dans l'esprit. Mais voyez où mènent l'absence de discipline et le mépris de toute dignité. Enfoncé dans les jouissances matérielles, cet homme, sans vraie philosophie, n'a d'autres compagnons qu'un couple de pêcheurs ivrognes.

– Possible qu'il se trouve heureux tout de même, risquai-je.

– Cela ne doit pas être, dit sévèrement M. Florent, car les lois mêmes de la société en seraient faussées.

– N'y a-t-il personne, repris-je, qui passe outre les lois de la société ?

– Il y a les bandits et on les met au cachot.

– Votre société, continuai-je, est donc une prison ?

– La société, dit mon maître, est une institution nécessaire.

– Pas du tout, fis-je encore, puisqu'il y a un homme qui vit en dehors d'elle et qui se plaît à bord d'une péniche avec une bouteille de vin blanc sous les payots et un Virgile dans sa poche. »

M. Florent s'arrêta de marcher :

« Jean, dit-il avec gravité, vos sophismes vous mènent à des raisonnements abominables. Monsieur votre grand-père a fait mettre un écriteau dans son port pour en défendre l'accès ; je vais de ce pas le prier d'appliquer cette défense et de faire dresser procès-verbal aux délinquants, de manière à vous épargner dans l'avenir des exemples pernicieux. »

Mais grand-père, plein d'indulgence à son habitude, s'exclama : « Comment ! Expulser ces braves gens ! Quel mal faisaient-ils donc ? Depuis son enfance à lui, grand-père, il venait là des familles entières, femmes, enfants et petits chiens. On savait bien que l'écriteau était un écriteau pour rire ! Bah, un trio de pochards, la belle affaire ! Et en bateau encore ? C'était leur bon droit après tout. »

Pourtant, grand'mère soutint M. Florent, à cause des journaux sales que tous ces gens laissaient traîner. Il fut décidé qu'on mettrait une nouvelle affiche : Prière de brûler les vieux papiers.

Chapitre XIV

Malgré l'écriteau on ne les brûla guère, ces papiers, et le port de grand-père, comme précédemment, demeura ouvert à tout le monde. Pilus, La Grêle et Jean-Marie continuèrent d'y pêcher de temps à autre et, ces jours-là, M. Florent renonçait philosophiquement à son bain dans le lac. D'ailleurs il nous venait bien d'autres pêcheurs. Sans compter ceux de la ville, qui s'installent le plus tranquillement du monde les jeudis et les dimanches, il y avait ceux de Versoix, ceux du Creux de Genthod, ceux d'Yvoire. Ces derniers je les connaissais bien, car c'étaient aussi des amis de Filion, les uns matelots de chaloupes, les autres à bord des bateaux à vapeur de la « Compagnie ».

Et ce sont de tout autres hommes, ceux d'Yvoire.

D'abord ils sont Savoyards. Ils ont de grosses voix sombres et ils parlent patois. Puis il y a la religion, avec ses différences, les églises et leurs belles peintures, les figures des saints, la messe, les paroles latines et les croix plantées sur le bord des chemins. Mais quelque chose encore est en eux qui n'est pas chez les Suisses, quelque chose de plus grave, d'un peu farouche, comme leur pays. Souvent je me disais : « Qu'est-ce qu'ils ont donc, ceux-ci, pour être si différents des autres ? » Et j'en avais conclu qu'ils étaient plus modestes et plus silencieux, parce que plus pauvres. Aujourd'hui que j'y songe derechef, ce caractère des Savoyards, riverains du lac, me frappe de nouveau et j'incline volontiers à croire qu'en effet des siècles de pauvreté leur ont façonné une âme un peu rude et méfiante, mais peut-être, en définitive, plus sensible et moins vulgaire que l'âme des races mieux fortunées. Une longue habitude de pauvreté, à défaut d'autre bienfait, sauvegarde au moins le caractère d'un peuple. Mais l'habitant d'Yvoire, en dehors du charme qu'il exerçait sur moi comme Savoyard, m'apportait encore autre chose, et ceci est plus mystérieux, presque indéfinissable : la poésie de son village. Et d'abord ce nom : Yvoire, d'une consonance si parfaite avec sa première syllabe haute et blanche comme la fille d'un seigneur, la seconde, étendue, molle, fuyante, pareille au reflet d'une voile dans l'eau. Elle se levait tout de suite en moi, l'image merveilleuse : la tour du château, à pic sur le lac, les maisons moyenâgeuses, couvertes de mousses et d'herbes, l'église au clocher d'or rougi, les deux ruelles inclinées vers l'eau profonde à travers laquelle transparaissaient d'énormes rochers. Et c'était là mon cher pays de silence, avec sa grande paix bienfaisante, son immobile douceur, son indifférence souveraine. Car les siècles ont passé sans rien changer à son antique visage. Le château carré aux lignes toutes simples s'est enrichi seulement d'un manteau de lierre auquel les saisons accrochent leurs changeantes couleurs. Les toits noircissent un peu, le clocher se dérobe et, sur la grève, comme aux temps antiques, les pêcheurs suspendent et réparent leurs filets. Nul bruit de train, d'usine ou de chantier ; mais seulement le calme étonnant des choses, le vol blanc d'une mouette, une voix qui appelle, le cri du coq et le froissement régulier des vagues sur la plage.

Quel exemple qu'un tel paysage ! Comme il enseignait plus efficacement que les théories de mon maître cette sagesse humble et concentrée qu'il exaltait si volontiers.

Nous allions souvent à Yvoire où grand-père possédait au bord du lac un terrain tout couvert de châtaigniers. C'est pourquoi je connaissais bien le village et ses plus notables habitants : la bonne dame Thorens, l'aubergiste qui préparait si bien les omelettes ; toujours il y avait chez elle des peintres de Genève et sa petite salle était remplie de tableaux. Le père Dufour, ivre d'un bout de l'année à l'autre et qui trottinait le long des chemins à la remorque de sa chèvre. Hippolyte, l'homme fort, celui qui, au bout de l'embarcadère, attrape la grosse corde des bateaux à vapeur, ivrogne solide lui aussi, fauché à quarante ans par la tuberculose. François, le joueur de viole, le loustic, grand donneur de sérénades, diseur de chansons et pêcheur à la ligne ; et puis Magnin le pêcheur ; Gerveysie, propriétaire de la barque « La Petite Savoyarde » ; son frère Gaspard, le pêcheur ; Tantin, pêcheur, Louiset dit Charlot, pêcheur, et tant d'autres… Mais pourquoi les nommer ? Ceux-là sont tous morts et à Yvoire même on n'en parle plus. Là, comme ailleurs, les vieux s'en vont et les jeunes les remplacent, et ceux qui les remplacent ressemblent aux anciens. Ils ont tous cette pareille insouciance des choses, du temps et des écus. L'argent gagné s'en va dans les cafés et au jeu de quilles. Pourquoi le conserverait-on, après tout ? N'est-elle pas faite pour rouler, cette monnaie, et pour donner du plaisir tout de suite ?

Alors, la nuit, le vieux village s'endort paisiblement. Une fois le bateau de sept heures parti, les lampes s'allument dans les maisons, une ou deux sur le port, quelques autres au long des ruelles. L'angélus sonne. Le lac devient gris, puis noir, et au large, les lanternes amarrées aux bouées des filets sont comme des étoiles tombées dans le lac. Partout du sombre et du silence comme on n'en connaît pas chez nous. Seulement le *Café de la Marine* reste ouvert ; on y entend rouler la grosse boule de bois des joueurs et quelquefois on y voit un bakouni, les coudes sur la table, qui sommeille devant sa chopine vide.

Construit probablement à la fin du XIIe siècle ou au commencement du XIIIe, le château vieillit doucement, sans s'enorgueillir d'aucune histoire sanglante et magnifique. Le donjon seul subsiste encore et il n'a de grandeur que dans sa masse carrée, de poésie que par son lierre envahissant. Il ne montre ni tourelles, ni créneaux, ni meurtrières, ni pont-levis ; il a pourtant son chemin de ronde et son mur d'enceinte sur lesquels des fleurs ont poussé. Il a ses deux ou trois fenêtres en ogive, sa longue gouttière rouillée et des platanes sur sa terrasse. Ses premiers propriétaires étaient de la maison de Compey, alors puissante, maintenant depuis longtemps éteinte. Il passa en 1306 au pouvoir du comte de Savoie, puis, successivement, aux mains de plusieurs familles également disparues. Enfin il fut acquis vers 1650 par les Bovier de Pontverre, seigneurs d'Yvoire, dont descendent ses habitants actuels. Telle est probablement, réduite au plus bref, l'histoire de ce vénérable donjon savoyard et il n'y aurait pas plus à en dire s'il n'avait fleuri entre ses pierres une légende. C'est celle de Jean d'Yvoire au Bras de Fer, vaillant chevalier qui, ayant perdu un bras dans les guerres d'Espagne, se le fit remplacer par une lourde machine et put continuer ainsi une vie conforme à ses goûts belliqueux.

Il défendit les Allinges contre les troupes françaises en 1600, avec son frère Ferdinand. Ce Ferdinand avait dû quitter le pays de Vaud et le Valais, poursuivi par les Bernois qui avaient confisqué ses biens, torturé et tué sa femme et se disposaient à le traiter de même car il complotait avec le baron d'Hermance de faire rentrer sous la domination du duc de Savoie les pays conquis par les Bernois. Jean d'Yvoire, malgré une résistance acharnée, fut cerné dans son château, et, pour échapper à ses ennemis, se jeta avec son cheval dans le lac. Or, par quelque miracle, ils parvinrent l'un et l'autre à franchir à la nage les trois lieues qui séparent Yvoire de Prangins où le baron au bras de fer put se réfugier en lieu sûr.

Voilà l'unique et courte légende du château. Légende d'ailleurs, et invraisemblable à ce qu'affirment les gens précis. Qu'importe ? Le principal, n'est-ce pas que cette fable soit contée aux enfants pour leur donner l'estime de la bravoure et le goût du merveilleux ? Je me souviens que mon grand-père, lors de nos visites à Yvoire, la recommençait toujours et il l'agrémentait chaque fois de circonstances nouvelles, si bien que nous finissions par en rire. C'était comme une autre « histoire du canard et de la ficelle », dont j'ai parlé plus haut. Mais il faut croire cependant aux contes que font les vieilles personnes, car ils renferment souvent leur petit grain de morale ou de poésie. L'aventure du canard évoque plus sûrement en moi les forêts d'Amérique où se déroulèrent ses péripéties enfantines que les récits des voyageurs les plus illustres ou la prose somptueuse d'Atala. Et quant à Jean d'Yvoire, c'est lui que je vois dans tous les musées, dans les sombres salles des rez-de-chaussée, ganté de fer, la visière basse, la lance en arrêt, solidement assis sur son cheval de bois.

Et voilà tout ce que je saurais dire sur Yvoire. Car, pour le reste, ce sont des couleurs, des ombres, et cette grande paix savoyarde qui s'étend du lac aux montagnes. Mais il n'y avait pas que l'attirance pour ainsi dire physique qui attachât mon cœur à ce pays. Une amitié grandissait en moi pour cette France si proche et si belle, cette France qui était le berceau de notre famille, pour parler comme grand-père. Il entrait en moi une sorte de sécurité à la sentir si voisine et une impatience de la connaître. Je récapitulais au dedans de moi les doux noms de ses provinces : Bretagne, Touraine, Normandie, Provence, Bourgogne, Savoie... et celui de la grande ville : Paris. Il me souvenait qu'oncle Paul y avait vécu : c'était comme une assurance qu'on y vivait heureux. Alors une force obscure s'élevait de nouveau pour me pousser à mon plus jeune désir : je serai musicien, pensais-je, et j'irai là-bas comme lui.

Ce rêve m'emportait violemment et j'y mêlais toutes sortes d'héroïsmes. Shakespeare m'était révélé depuis peu et la neuvième Symphonie avait établi en moi pour longtemps un âpre besoin de puissance. La petite retraite d'Yvoire me devint un lieu surnaturel où je passais des journées entières dans les créations les plus magnifiques et dans une solitude enfiévrée.

J'avais toujours sur moi une édition menue des œuvres de Shakespeare, reliée de cuir souple, et, quand s'affaiblissait mon drame intérieur, j'ouvrais le livre pour relire quelque page de *Midsummer-night's dream*, *d'Hamlet* ou *de la Tempête*.

Ce n'était pas – pour tout dire – que je comprisse bien clairement chaque mot ou même le sens de chaque phrase. Mais d'un fragment de vers, d'une image, de ces obscurités toutes chargées de poésie et de musique s'élevait une féerie de lucioles, de farfadets et de monstres, dansant leur menuet innombrable au son de la harpe d'Éole.

Et puis, malgré tout, le soir m'apportait son tendre apaisement. L'un après l'autre mes rêves s'effondraient et il ne restait plus en moi, comme autour de moi, que sérénité. Je me retrouvais assis sur une pierre au bord de l'eau. Près du village, la fumée d'un feu rural montait vers le ciel, et le profil du château se découpait sur l'or du couchant comme la dernière forteresse de mes songes.

Chapitre XV

Ce fut l'année de la grosse bise. Elle se leva un après-midi d'automne.

En général le vent mollit au moment où le soleil se couche ; s'il persiste, on sait qu'il s'agit d'une bise de trois jours, ou de six jours, ou de neuf jours. Les fortes bises soufflent en automne et en hiver. Celle dont je parle commença par une belle journée d'octobre. Nous naviguions sur l'*Ibis* et il avait fallu jeter l'ancre à Hermance pour diminuer la toile ; c'est ce qu'on appelle : prendre un ris. Tout de suite le lac blanchit de « moutons » et la brume qui traîne souvent sur le pays à cette époque avait été proprement balayée de partout ; si bien que les deux rives apparaissaient dans toute la splendeur de la saison, avec leurs bois rouges et dorés tout trempés de lumière. Le vent sifflait à travers les cordages et le bateau sautait sur les vagues déjà grosses, plongeant son avant effilé dans l'écume et puis se relevant d'un coup pour retomber de nouveau. Honoré se tenait au pied du mât, assis sur ses talons. Mais Filion avait disparu à fond de cale et, par moments, nous l'entendions qui poussait de gros soupirs lamentables. Grand-père se moquait :
« Ohé Filion ! es-tu malade ? »

La voix colère répondait :

« Non, monsieur.

– As-tu du chagrin ?

– Non, monsieur.

– Alors qu'est-ce qui te prend, mon garçon ? » La face rubiconde du vieux se montra sous le toit vitré de la cabine, et il levait alternativement vers son maître et vers le ciel des yeux mouillés et rouges :

« C'est cette bise, monsieur... Est-ce qu'on voit souvent une bise comme ça ? Ce n'est pas seulement bien prudent, au moins ! Si des fois nous faisions des briques, est-ce que je sais nager, nom de nom... »

Et réellement il fallut changer notre foc et hisser le numéro trois, le plus petit. Ça forçait toujours, le pont se noyait complètement et grand-père appela Honoré pour qu'il l'aidât à maintenir la barre. C'est dans de tels moments qu'on vit largement ! Je respirais avec allégresse. Toute cette bise hurlait autour de moi et en

Chapitre XV

moi comme une ennemie superbe contre laquelle il était nécessaire de se battre, et j'aimais cette idée que nous courions peut-être un danger véritable. Près du mât, où les cordages sont plus nombreux, la plainte devenait aiguë, stridente, et je n'avais pas besoin de m'efforcer beaucoup pour croire à une présence surnaturelle, à quelque sirène échevelée, bondissante à travers les vagues. Au large, c'était la poursuite innombrable des « moutons » creusant entre eux des crevasses d'un bleu noir, et, à la côte, dont nous nous rapprochions, les arbres s'inclinaient tous vers Genève en effilant leur tête. De temps à autre, une mouette volait près de nous, luttant elle aussi contre la force énorme, tanguant à droite et à gauche, battant des ailes, mais impuissante, puis se laissant emporter tout à coup comme une feuille arrachée. Le difficile fut de rentrer et de prendre la bouée. On recommença la manœuvre trois fois. Nous abordâmes tout trempés et il fallut aider ensuite à ramener l'*Ibis* dans le port. Filion faisait le malin et courait sur le pont pour amarrer à l'étai un gros chavon de renfort, mais Honoré accomplissait l'important de la besogne. L'*Ibis* solidement attaché à l'abri de la houle, on le bâcha de l'avant à l'arrière à cause des vagues qui sautaient par-dessus le mur de la jetée, et il resta là sans danger pendant les neuf jours que dura la bise. Car ce fut une bise de neuf jours, celle-là.

Dès la première nuit il y eut une rude chanson dans les cheminées. M. Florent avait peur qu'elles ne tombassent, mais il faut croire qu'elles étaient solides. Le second jour la plupart des feuilles jonchaient la terre avec des branches mortes et même des petits rameaux encore verts. Le vent les amoncelait en certains endroits plus abrités, en faisait des tas, puis les soulevait de nouveau, les éparpillait, et finissait par balayer le tout jusqu'au bois.

Là s'étendait comme un immense tapis, bien épais, dans lequel on enfonçait, et tout doit pourrir comme il faut et nourrir la bonne terre humide. Je les respirais à pleins poumons, ces riches odeurs forestières, parce qu'elles contiennent, elles aussi, une part de cette vérité profonde qui est dans les choses. On devient très humble en face d'elles. Mille petits tracas ou ennuis s'effacent, sont, pour ainsi dire, nettoyés, emportés hors de nous-mêmes. On se sent plus libre, plus net, plus intelligent. Peut-être qu'une partie de ces forces éparses entre en nous et y vivifie ce qu'il y a de meilleur. N'est-ce pas sous les arbres, en automne, que les grands – comme je les appelais – ont trouvé à s'exprimer, ont réussi à s'élever au-dessus des hommes ? Plus probablement, je veux le croire, qu'entre les murs d'une chambre où l'esprit est emprisonné. Il faut l'espace et, de plus, l'harmonie qui est dans la nature comme une loi, avec ses rythmes, ses fragments de mélodie, ses accords innombrables. On écoute : et selon notre cœur, il nous est donné d'entendre et d'aimer.

Dans ce vent qui me cinglait de son froid, je voyais maintenant plus juste et plus loin. Une inquiétude me venait, une vue mieux définie de ce que seraient mes entreprises futures. Je prévoyais obscurément les luttes et les déceptions, et qu'il faudrait tenir bon quand même, et qu'il faudrait vouloir avec acharnement, et créer ma foi, et marcher vers ma nouvelle espérance sans regarder derrière moi, sans jamais retourner à tout ce dont je me détachais lentement. Il y aurait sans doute, pour me dissuader, grand-père, grand'mère, M. Florent, et toutes les bonnes raisons, les devoirs, les traditions, les habitudes… Mais, au delà de ce premier cercle, se tenait l'oncle Paul et je voyais son visage me sourire. Il m'appelait pour que je vinsse à lui et à ceux qui l'entouraient. Ceux-là avaient comme lui cet air bon et simple et un peu grave, mais surtout il émanait d'eux une force, une assurance tranquille, une foi immuable, et c'était la nourriture dont j'avais besoin. Il n'y avait pas que la musique. L'art est une vérité qui traverse le monde. Et il y en a en tout et pour tous, quand on veut bien regarder, chez l'opulent et chez le pauvre, dans une peinture et dans une sonate, dans une fleur et dans une dentelle, dans un morceau de bois sculpté. Comme il y a les génies, il y a aussi les humbles, ceux qui peignent une assiette, ceux qui fabriquent une montre, ceux qui sèment le grain dans les champs. Toute chose est belle quand elle est accomplie dans l'enthousiasme et avec la foi.

Voilà des pensées qui, lentement, se faisaient jour en moi. D'abord elles étaient plus mêlées, plus morcelées, parce que le difficile n'est pas de les avoir, mais de les grouper, de les arranger, d'en faire jaillir une clarté. Si confuse qu'elle paraisse, cette lumière n'en éclaira pas moins la première étape de ma route. S'il m'en souvient aujourd'hui, c'est qu'elle remonte précisément à l'époque de cette bise d'automne.

Dès le troisième jour un gros ormeau tomba. Nous nous penchions sur son tronc énorme, couché en travers d'une allée comme le cadavre d'un paysan. Le jardinier scia les plus grosses branches et trancha les petites avec sa hache. L'ormeau s'étant cassé à deux mètres de terre, une sorte de colonne tronquée restait debout sur laquelle nous grimpions mon frère et moi. Grand-père nous photographia. Cette mort d'un arbre le laissait indifférent parce qu'il n'aimait pas à s'apitoyer sur des « bêtises ». Mais grand'mère en eut un vrai chagrin. Elle venait le regarder dix fois par jour et cueillit l'une de ses feuilles qu'elle mit dans son psautier, comme si c'eût été un souvenir donné par quelqu'un. Son mari haussait les épaules :

« La belle affaire ! Ne faut-il pas que les vieux arbres disparaissent, comme les vieilles personnes ? Place aux jeunes ! Les gamins planteront de nouvelles pousses quand toutes ces carcasses seront par terre. »

Grand-père montrait toujours l'avenir. Il croyait à la chimie, à la physique, à un futur construit sur des données scientifiques et offrant à l'humanité mieux instruite de plus sûrs gages de bonheur. Ils eût sans doute fait bon marché de toute la littérature, en exceptant peut-être Horace et Virgile qu'il savait par cœur, comme les bonnes gens d'autrefois. Il avait un faible aussi pour Alexandre Dumas père, à cause des *Trois Mousquetaires*, qu'il appelait le plus beau roman du XIXe siècle. On voit s'il était loin de tout attendrissement poétique ; pour lui un vieil ormeau évidé ne valait d'être examiné que comme bois à vendre ou à brûler. Il fut débité en planches, ainsi qu'un second arbre, tombé quelques jours après. La bise allait toujours croissant et jamais l'on n'avait tant vu de branches cassées partout dans la campagne. Nous faisions des promenades avec M. Florent, luttant pas à pas pour avancer. Dans les bois on entendait grincer les troncs qui se blessaient les uns contre les autres. Et les hauts rameaux, tout dépouillés déjà, profilaient sur le ciel limpide leurs squelettes.

Mais le plus beau spectacle, c'était encore et toujours le lac. Il grondait depuis des jours et des jours comme un tonnerre perpétuel et roulait le long des rives ses vagues blanches d'écume en dessus, vertes en dessous et transparentes. Quelle puissance miraculeuse il porte en lui ! Personne qui osât l'affronter, pas une barque, pas un pêcheur, pas un bateau de la « Compagnie » ; il aurait été impossible d'aborder un seul embarcadère. Le lac était livré à lui-même pour qu'il secouât jusqu'au bout sa colère, et les marins – qui maintenant avaient des loisirs – se groupaient sur les quais du port, suivaient de l'œil les masses d'eau les plus hautes et les regardaient s'écraser en gerbes contre les murs. Mais la bise les reprenait aussitôt, ces gerbes, les rabattait ou les emportait comme une fine poussière jusque sur la route et sur les maisons. Même les mouettes s'étaient retirées, voletaient dans la campagne au-dessus des champs fraîchement ensemencés et picoraient dans les sillons.

Filion partageait son temps entre les pintes et la grève, car il venait à intervalles réguliers s'assurer que l'*Ibis* ne bougeait de sa place et il contait que, depuis bien des années, on n'avait vu pareille tempête. Déjà il savait bien des choses de partout. À Nernier, la jetée neuve était en partie démolie ; une des plus grosses barques, réfugiée à Amphion, avait dérapé sur son ancre et s'était échouée ; on ne comptait plus les canots arrachés à leurs bouées ni les filets perdus. À Yvoire seulement, Hyppolyte, Gerveysie et Tantin en étaient pour des mille et des cent. « C'est l'argent du pauvre monde qui s'en va. » Nous inspections le ciel pour voir s'il n'y aurait pas quelque nuage qui se tendrait contre la bise comme un écran utile ; mais non, le ciel se maintenait d'un bleu profond, les montagnes découpaient dessus leur profil métallique et le lac étincelait depuis le large de Messery jusqu'à Genève. Il y avait tant de bruit sur terre et sur eau qu'on n'entendait même pas les cloches des vaches qui, à cette époque, étaient aux champs, et le troupeau en comptait bien une cinquantaine. Mais au milieu de tout ce grand désordre atmosphérique je demeurais le cœur vibrant. Je relisais sans cesse les premières pages de la *Tempête* de Shakespeare :

Methought the billows spoke and told me of it ;
The winds did sing it to me, and the thunder,
That deep and dreadful organ pipe…

« *Il me semblait que les vagues parlaient et me contaient cela ; les vents me le chantaient, et le tonnerre, cet orgue terrible et profond…* »

La bise tomba une nuit, ainsi qu'elle s'était levée, et toute la campagne s'assoupit dans le silence. Le calme, les jours suivants, parut comme un repos lourd, comme une fatigue des choses. On sentit que l'hiver serait bientôt venu. Honoré et Filion désarmèrent l'*Ibis*, rangèrent soigneusement les cordages et les voiles dans la remise, puis il fallut tirer la chaloupe à terre, l'appuyer sur ses grosses cales de bois, la recouvrir avec des planches qu'on cloue à angle aigu, comme un toit, à cause de la pluie et des neiges. Il me plaisait d'associer ma dernière sortie sur le lac à cette bise endiablée qui laisserait dans ma mémoire un souvenir de lutte et de force.

Ensuite les deux matelots nous quittèrent pour s'en retourner chez eux, l'un dans sa bicoque d'Yvoire, l'autre au bord de la Méditerranée. Enfin M. Florent revint du Val de Travers où il avait été faire les vendanges avec son frère. Et, dès le soir de sa rentrée, il déplia sous la lampe une grande feuille de papier où se trouvait noté, heure par heure et jour par jour, notre « emploi du temps » pour la saison d'hiver.

Chapitre XVI

Mais avant de nous laisser reprendre le travail, grand-père déclara qu'il avait à nous parler sérieusement et il nous fit venir dans sa bibliothèque. Il s'exprima avec simplicité.

« L'un de vous va avoir quatorze ans et l'autre en a passé quinze. Or, vous ne savez pas grand'chose : je viens d'examiner vos cahiers. J'avais cru agir sagement en vous élevant ici, au sein de votre famille, dans le pays où vous êtes nés. Si M. Florent n'a pas obtenu de meilleurs résultats, c'est sans doute que vous fûtes de bien mauvais élèves. Je ne vous le reproche pas : ces choses-là sont dans l'ordre. Mais elles ne peuvent durer éternellement. Il est donc temps que vous envisagiez l'avenir avec sérieux, toi surtout, Jean, car, sur bien des points, tu es resté plus enfant que ton frère. À cet effet, et parce que le travail est la raison d'être de toute vie utile, j'ai fait venir par M. Florent les programmes du Gymnase de Neuchâtel et ceux du Collège Latin. Vous verrez ces programmes, vous les étudierez, vous les préparerez, et l'année prochaine, vous tenterez les examens d'admission. Car, à tous les égards, il sera excellent que vous passiez plusieurs années en dehors de chez moi. Quant à vos carrières futures, je vous laisse libres... »

Un profond étonnement nous tint immobiles. Nous regardions les objets alignés sur la table : la lampe, deux boîtes à timbres, le pèse-lettres, l'encrier d'albâtre qui représentait une femme couchée. Dehors le jardinier ratissait l'avenue. Ces choses se gravaient en nous profondément. Edmond s'était mis à faire tourner la boule astronomique sur son pivot jusqu'au moment où il n'y put tenir, et tout son corps se soulevait par secousses, puis il éclata en sanglots. Je me raidis de toutes mes forces en enfonçant mes ongles dans mes paumes. Grand-père se moucha avec bruit et fit semblant de chercher une fiche introuvable dans le désordre de ses tiroirs. Mais il fallut bien rompre le silence.

« Allons, sac à papier ! Montrez donc que vous avez du caractère ! Vous serez enchantés, l'année prochaine, d'être des étudiants ; et les amis, un nouveau pays, les cours, la liberté, sacrebleu ! »

Edmond s'enfuit en courant et je restai seul avec le vieillard.

– Voyons, tu es raisonnable toi, je suppose,... tu le remonteras. D'ailleurs, vous en aurez bien vite pris votre parti. À ton âge, il y a beau temps que j'étais en pension, et j'avais déjà des goûts prononcés. Mais oui, je lisais Locke et Lamé. Nous faisions des expériences de physique dans nos chambres à coucher... »

Le courage me vint parce qu'il s'était mis à rire et à raconter et parce qu'il devait être bien aise, au fond, d'avoir dit l'essentiel.

« Justement grand-père, j'ai mes goûts et mes idées. Alors, n'est-ce pas, j'ai réfléchi et voilà : je pense que je serai musicien. »

Le mot tomba et fut suivi tout de suite d'un éclat de rire et puis d'un silence, d'un terrible silence pendant lequel je n'osai lever les yeux. J'appelai à mon aide la vision toujours miraculeuse de mon oncle, mais elle fut remplacée cette fois par le mince et triste visage de Mlle Georgine. Et il y avait aussi, dans ce visage, un encouragement. Je regardai la pointe de mes chaussures, puis l'encrier d'albâtre. Le jardinier ratissait toujours le gravier.

« Musicien ! s'écria grand-père tout à coup, musicien ! Et de quel instrument joueras-tu, s'il te plaît ? Du piano, de la flûte ou du cornet à piston ? Ah ! par exemple ! comme... Un fruit-sec de plus dans la famille alors ! Mais petit malheureux, pour être musicien, il faut avoir du talent !

– J'en aurai peut-être, grand-père.

– Oh ! ce serait à considérer si tu composais comme Mozart, comme Gounod, comme Verdi !

– Et pourquoi pas ?

– Pourquoi ? Mais parce que… Parce que ces hommes-là sont nés musiciens et pas toi. Parce que ces hommes-là sont nés pauvres et pas toi. Parce que ces hommes-là ont traversé toutes sortes de misères ; nombre d'entre eux sont morts ignorés et sur la paille…

– Cela ne m'effraie pas.

– Enfin, mon garçon, parce que je ne le veux pas. L'art est un passe-temps agréable, j'en conviens, mais rien de plus qu'un passe-temps. Qu'un homme comme toi aime la peinture ou la musique… c'est très bien. Qu'il y consacre sa vie, c'est stupide. D'ailleurs, tu changeras. Quand on est jeune, on fait toutes sortes de projets extravagants, et puis le temps les arrange à sa manière. Laisse-le faire ; nous reparlerons de cela dans quelques années, lorsque tu auras dans la poche ton baccalauréat et une bonne licence. La musique ! Mais ce n'est pas une carrière… Qui est-ce qui t'a fourré cette idée dans la tête ? Voyons, réponds.

– Personne, grand-père, elle y est venue toute seule. Vous avez souvent dit que vous nous laisseriez libres de choisir… j'ai choisi. »

Il reprit vivement :

« Tout, mais pas cela, entends-tu ? » et il se promena de long en large avec agitation. Puis en baissant un peu le ton de sa voix :

« Regarde ton oncle Paul… Il ne faut pas que ce soit un secret plus longtemps ; tu es d'âge à savoir. Regarde ton oncle ; eh bien, il a manqué sa vie ! Il a perdu son temps, sa fortune, ses talents. C'était un homme remarquable, apte à jouer un rôle de premier plan, ici ou ailleurs !… Il ne l'a pas voulu. À partir du jour où il s'est toqué de musique, tout a été fini. Rien d'autre n'a existé pour lui. Il a vécu à Paris, ruinant sa santé à force de rester enfermé, penché sur du papier réglé, à Bayreuth, en Italie, à Londres, soutenant de ses deniers de malheureux petits compositeurs inconnus, s'entourant d'artistes qui mangeaient son argent avec insouciance, s'essayant lui-même à d'immenses ouvrages qu'il n'a jamais pu mener à bien, toujours plein d'enthousiasme et de projets, pour aboutir en définitive à quoi ? À rien de rien, à vivoter misérablement, seul comme un ours au fond d'un appartement malsain. »

Mais je n'arrivais pas à trouver cette existence misérable, moi qui en connaissais la paix, la dignité, moi qui en avais effleuré la joie profonde, moi qui en savais, par Mlle Georgine et par d'autres – par moi-même, après tout – la puissance rayonnante. Toutefois je crus bon de n'en rien laisser paraître : « S'il est vrai que nous gagnerons notre liberté, pensais-je, ne dois-je pas me réjouir ? » Aussi bien était-il sage de souscrire sans protester aux desseins de grand-père, car je les sentais mûrement réfléchis.

Edmond s'était réfugié auprès de grand'mère qui le consolait. Elle lui parlait de Neuchâtel, de la nouvelle vie qui nous y attendait, de la famille où nous serions établis. Elle peignait notre avenir sous des couleurs charmantes, afin que la séparation nous fût moins difficile. Il y avait aussi un lac de Neuchâtel, un grand lac plus sauvage que celui-ci, tout bordé de grèves, de roseaux et de vignobles. Et puis les vacances nous ramèneraient ici, toutes les vacances, celles de Noël, celles de Pâques, les « grandes vacances » qui durent tout l'été. M. Florent apporta ses renseignements plus précis, nous décrivit les cours, les professeurs, indiqua les ressources multiples de la petite cité intellectuelle. Il esquissa un aperçu de son histoire, nomma les comtes de Neuchâtel, la duchesse de Longueville, le roi de Prusse et le prince Berthier.

Mais rien ne pouvait me distraire de la pensée qu'il faudrait quitter le lac, mon bateau et la douce Savoie. Jamais arrière-automne n'avait eu ce charme et cette mélancolie. Depuis que la bise était tombée, il faisait tiède comme en septembre et l'air semblait plus léger, plus fin, le soleil plus vague, la campagne plus paisible. Les chaloupes étant désarmées, il ne restait à naviguer que les barques aux voiles latines, qui descendaient toutes chargées vers Genève ou remontaient à vide vers le Haut-Lac. Je les regardais s'effacer dans la brume, et il m'arrivait déjà de me complaire à remuer mon petit passé d'enfant, de rappeler certains jours, certains faits, certaines heures, comme s'ils eussent été plus importants que d'autres, plus rares et plus délectables. J'aimais à m'isoler sur la grève, maintenant déserte, pour explorer et dénombrer ces événements intimes, d'ailleurs sans liens apparents : les noires nuits d'été avec les cris des chouettes ; les deux chers vieux visages des grands-parents ; l'angélus sonnant dans le crépuscule et cette première apparition de mon oncle ; la sonate en *la* bémol ; notre navigation nocturne au large de Lutry ; les solitudes d'Yvoire ; les yeux tendres de Mlle Georgine et, au delà de tous ces souvenirs, mêlé à eux, éclairé par eux comme s'il était leur couleur essentielle, leur musique, leur climat même : le lac, tantôt immobile et calme avec ses pierres qu'on voit au travers, ses herbes, ses poissons ; tantôt boursouflé par les vagues, ennemi, noir, et chargé d'une puissance miraculeuse.

Mais on me priva bientôt de mes chères rêveries. Il fallut se mettre au travail, car nous n'avions que l'hiver pour nous préparer aux examens. Nous devions nous y présenter après Pâques. M. Florent acheta les livres dont nous avions besoin, des cahiers neufs, disputa avec grand-père de la supériorité des études classiques, parla plus que jamais par sentences latines, nous peignit son pays natal comme le plus sage et le plus heureux des pays, et nous étonna par tout ce qu'il dit de beau et de bien d'une ville où il n'avait jamais pu se résoudre à vivre.

Chapitre XVII

Et cet hiver glissa comme les autres hivers. Nous nous levions à la lampe, parce que les leçons commençaient de bon matin, et, si ce n'est ces deux heures de travail supplémentaire, ma vie pouvait sembler n'avoir rien de changé. Pourtant je traversais une période décisive. Au dehors, tout est toujours pareil à soi-même, avec une calme indifférence. Les grandes clartés, les forces, les alarmes, les écroulements sont dans le cœur et ne se lisent pas sur le visage.

Il y eut des journées limpides, avec du pâle soleil à travers les branches dégarnies et cette paix infiniment douce des hivers cléments. Il y eut des journées grises, saturées de pluie, avec les écorces noires d'humidité, les flaques d'eau qui ne reflétaient rien et la rumeur continue des gouttes tombant sur le gravier. Le front collé aux vitres, j'écoutais l'appel lointain de mystérieuses voix où je distinguais les cris, les terreurs et les imprécations des matelots de Shakespeare. Et, d'autres fois, tout se fondait en larges harmonies traversées par les éclairs de la Neuvième.

Grand-père n'avait pas supprimé les leçons de piano, comme je le craignais, mais elles se trouvaient réduites à une heure par semaine. Au milieu de mon travail, maintenant difficile, cet après-midi où j'étais livré à moi-même devenait une oasis de lumière. Mlle Georgine se montrait encore plus dévouée et plus patiente depuis que je lui avais confié les projets de ma famille et mes résolutions ; toutefois je ne prolongeais plus sa leçon au delà de mon heure. Dès que chantait le petit coucou accroché au mur entre les éventails peints, je fermais les cahiers, roulais ma serviette et courais jusqu'au rez-de-chaussée de la Cour de Saint Pierre. Mon oncle m'attendait comme s'il eût guetté ma visite derrière sa porte.

Je lui avais tout avoué, à lui aussi. Quel moment que celui-là ! D'abord il m'avait combattu avec plus de force encore que grand-père, en me montrant rudement combien la route est difficile, et tout ce qui me manquait, et que j'étais peut-être victime d'une illusion dont il se sentait coupable. Puis il m'avait parlé de lui avec cette humilité grave qui était la sienne, se reprochant ses faiblesses et le décousu de sa vie :

« J'ai commencé trop tard, disait-il, sans maîtres et sans méthode, seul, libre de toute attache, et peut-être fut-ce là mon tort, car je n'eus pas d'ambition et qui en aurait eu pour moi ? Mais si je n'ai connu ni les grandes luttes, ni les grandes défaites, du moins ai-je vécu auprès de ceux qui eurent leurs existences déchirées. J'ai souffert de leurs souffrances. J'en garde l'éblouissement et le dégoût du médiocre, le mépris de la facilité. Crois-moi, petit, il faut une vocation, une certitude, une énergie capables non seulement de vaincre les autres, mais de triompher tous les jours de soi-même. »

Je m'obstinais avec toujours les mêmes mots : « Je le veux de tout mon cœur, mon bon oncle. La force qu'il faut est en moi, je le sens, et vous m'aiderez. »

Il dressait d'autres obstacles, les mêmes qu'il lui avait fallu franchir et auxquels, déjà, je m'étais heurté. Mais je repoussais ses objections et citais ses propres paroles.

D'ailleurs, je sentais bien qu'il ne m'opposait qu'une résistance passagère, car son visage, depuis longtemps, l'avait trahi. Et en effet il me prit brusquement par les épaules, plongea son clair regard dans le mien et me dit :

« Jean, que l'heure de cette résolution se grave à jamais dans ta mémoire ! Tu t'es donné à un maître : dès maintenant tu lui appartiens et tu deviens un homme. Dès maintenant une étincelle est entrée en toi et te consacre. Tu deviendras un ouvrier sincère et consciencieux. Quels que soient tes forces et ton talent, n'oublie jamais qu'il faut les donner à ton travail. Ramène ta pensée vers les grands, vers le plus grand, tu sais qui je veux dire… Souviens-toi aussi des oubliés, des méconnus, de ceux que la récompense n'a pas atteints. Sois toujours humble. Sois toujours vrai. Sois toujours… »

Ô mon oncle, vos mains étaient sur mes épaules et votre visage blanc et vieux tout près du mien ! Vous aviez reporté tout à coup – je le sentais nettement – toutes vos espérances sur moi. Vous aviez fait de moi votre enfant. Je voyais dans la glace à laquelle vous tourniez le dos cet enfant que j'étais et qui, par moments, m'emplissait d'étonnement comme si c'eût été quelqu'un d'autre. J'éprouvais une ferme volonté de me développer selon votre désir. J'avais un corps trop grand et trop maigre pour mon âge. Dehors, on entendait roucouler ces pigeons de murailles. Et cette minute passa sur nous avec tout ce qu'elle contenait d'irrévocable.

Ainsi passent, dans l'obscur de nos âmes, mêlés aux formes des choses et aux voix des bêtes, les instants les plus héroïques et les plus rares de nos vies.

Chapitre XVIII

Je mis dès lors une application passionnée à mon travail quotidien. À travers lui je regardais vers mon oncle et vers ce proche futur, tout agrandi par mes projets. L'hiver s'avançait toujours et déjà une nouvelle année était entamée, une année qui s'ouvrait toute blanche sous la neige. À la ferme, les hommes se tenaient au fond de la salle, près du foyer, à raccommoder leurs outils et à fumer leur pipe, ou bien dans l'étable, parce qu'ils aimaient le tiède voisinage des bêtes au repos. Et les petites récréations, entre deux leçons, je les passais là, avec eux, assis sur le bord du bassin où viennent boire les vaches. Le berger remuait la paille avec sa fourche et donnait en courtes phrases serrées des vues lointaines sur sa vie. Les autres écoutaient et disaient parfois leur pensées qu'ils exprimaient par des mots semblables à ceux du berger, car leurs existences avaient été pareilles, soulignées par les mêmes joies, les mêmes inquiétudes, les mêmes peines. C'étaient des histoires de saisons sèches, de vendanges, de bétail perdu, de granges incendiées, de maîtres difficiles, avec cette variante seulement qu'il s'agissait de pays différents : de Berne, de Fribourg ou du Gros-de-Vaud. Et je sentais maintenant combien l'on s'attache à un coin de terre, comment l'on préfère à tous les autres un certain horizon, un certain paysage, une certaine maison. Tous les jours je me liais plus étroitement aux choses toujours vues, aux quatre marronniers de la cour, aux pavés de la ferme, aux bois, au lac. À travers eux je retrouvais tous mes plaisirs et tous mes songes. D'eux à moi se tendaient ces liens invisibles qui croissent dans le cœur et s'y enfoncent comme des racines. Et le lac, parmi ces amis obscurs et puissants, demeurait le premier.

L'hiver est pour lui comme un long recueillement, quand toutefois la bise ne souffle pas et ne l'oblige à des réveils formidables. Mais la plupart du temps, il sommeille sous le ciel gris ou sous la brume. Il ne s'étend plus comme une plaine infinie et bleue ; il se ramasse sur lui-même ; il a ses limites étroites qui le rendent plus intime. Les plages s'agrandissent, puisque l'eau se retire, et l'on découvre de nouvelles pierres, du sable, d'autres galets bien lisses, bien polis par les vagues, et de longues herbes encore humides et gluantes. Les mouettes hivernent sur la grève. Elles s'alignent en longues files de trente ou quarante, leurs petits ventres blancs arrondis, et parfois l'une d'elles s'envole en criant dans le brouillard. Une tristesse exquise et fine succède au tumulte joyeux de l'été et aux tendresses d'octobre.

Debout sur le rivage, j'écoutais les bruits nombreux du lac, j'aspirais ses odeurs, je mêlais tout mon être à son étendue, à ses forces, à son mystère. Maintenant qu'approchait le moment où il faudrait le quitter, je voulais emporter le plus possible de sa vie à lui, de ses couleurs, de son secret. Ma petite existence, c'est lui qui l'avait formée, qui en avait nuancé les ombres et les lumières, gravé les quelques lignes profondes. Je le regardais comme d'autres regardent un ami, avec cette même confiance, ce même espoir, et je projetais vers lui mes désirs tendus. Ma plus grande souffrance – je le pressentais – serait de le quitter, arrachement plus difficile encore que les autres, parce que c'était m'arracher de moi-même, me diviser, laisser derrière moi mes chères heures de solitude et de reploiements intérieurs. Car cet autre lac, là-bas, si beau qu'il pût être, n'aurait rien de moi, rien de mon enfance, rien de familier, rien qui toucherait mes souvenirs. Que me serait un paysage dont je ne connaîtrais ni les couleurs, ni l'horizon, un canton dont j'ignorerais chaque village ?

Mais le courage me revint à la pensée que certains émois demeurent et recommencent.

Ô triste et grave musique, l'enfant sur lequel s'est penché ton visage en garde fidèlement le reflet !

Ainsi je pouvais quitter la maison, le pays, le lac, quelque chose, infailliblement, m'accompagnerait ; et ce quelque chose, né de moi-même et vivant en moi, personne ne pourrait jamais m'en priver. Il ne s'agissait pas d'une science qu'on peut apprendre et que les hommes ou les livres enseignent. C'était bien plus profond que dans la mémoire, c'était dans le cœur, dans l'âme. Et il me venait la certitude que maintenant j'avais changé de route. Ce ne serait pas celle que suivrait mon frère, ni celle de mon grand-père, ni celle des ancêtres. La mienne semblait toute neuve, faite pour moi seul ; il faudrait m'accoutumer à y marcher, cela devenait nécessaire.

Pendant des semaines, je me fortifiai dans cette idée. À l'explorer, à y contraindre ma pensée, j'éprouvais une singulière volupté. Je ne voulais porter toujours qu'un même costume, afin de m'habituer à la pauvreté. De ma collection de cravates, dont je n'avais pas été peu fier jusque-là, je ne gardai que deux exemplaires et fis cadeau du reste.

Je lisais et relisais ma « Vie des Musiciens Illustres ». Je les connaissais maintenant dans le détail de leurs habitudes. J'achetai des livres qu'ils avaient aimés, je m'essayai à les suivre dans le jeu de leur intelligence ; je fis, deux heures par jour, des exercices pour les doigts, et cela ne me coûtait rien. Il le fallait ; n'était-ce pas le rudiment nécessaire ?

À cause du vacarme dont j'emplissais la maison, on transporta le piano de pièce en pièce ; on finit par l'installer dans ma chambre, sous le toit. Par un travail acharné j'arrivais à mener de front mes études musicales et les arides leçons de M. Florent.

Trois fois, cet hiver-là, oncle Paul me mena aux Concerts d'abonnement, qui se donnaient au Théâtre. On y joua la *Symphonie*

Pastorale. Pendant l'entr'acte mon oncle alla dans les coulisses pour saluer le chef d'orchestre. Je l'y suivis. Pour la première fois, je vis de près des portants, des trappes, des rochers de carton, la machinerie compliquée d'un décor. Ma gorge se serra d'émotion. J'ornai ce temple d'un glorieux trophée de lauriers, conquis durement, au prix de quels soins, de quelles énergies ! L'âme du dieu qu'il fallait servir semblait flotter, éparse et subtile, parmi ces artifices que mon imagination voulait à toutes forces séduisants et malgré leur réalité évidente et laide. Les musiciens avaient la face suante, quelques-uns buvaient de la bière ; leur chef fumait une cigarette et causait avec plusieurs messieurs ; mais dès qu'il nous aperçut il vint à nous. Mon oncle me nomma et nous nous tendîmes la main. On parla de la Symphonie. Mon oncle fit ses compliments. Ensuite, en me montrant : « Voilà un jeune homme, dit-il, auquel vous donnerez un jour, je l'espère, des leçons de contrepoint. » Ma poitrine s'élargit de plaisir. Il me sembla entrer pour de bon dans la vie ardente et supérieure.

J'entrepris bientôt de composer, moi aussi, une vaste symphonie. Le lac devait en être le sujet principal et je choisis cette épigraphe dans *la Tempête* :

Methought the billows spoke...

Ce projet révélait bien naïvement toute l'influence de la Pastorale. Je résolus de me mettre tout de suite à l'œuvre.

Je ne voulais travailler qu'au bord du lac afin d'être mieux pénétré par mon sujet. Je me munis de papier réglé et de crayons ; je m'installai sur le mur, sous le peuplier noir ; j'écrivis bien proprement « allegretto » ; je dessinai une clé de *sol* puis une clé de *fa*. Et j'attendis l'inspiration.

Mais j'eus rapidement les mains glacées. L'*Ibis* était là, sur son chariot de fer, recouvert de son toit de planches. Je m'intéressai à sa coque, à sa quille éraflée, au gouvernail qui tournait mal autour de son axe. Je posai une pierre sur mes feuilles de papier et me perfectionnai dans l'art des ricochets.

Un autre jour la neige commença de tomber et je m'absorbai dans ce spectacle. Cela faisait un bruit très doux, bien plus doux que la pluie, et les flocons qui s'écrasaient à la surface molle du lac, on ne les entendait pas ; ils se posaient comme de petites plumes et s'évanouissaient dans l'eau.

Une autre fois encore, par un beau soleil de février, je voulus noter l'idée du premier motif ; je le sifflai, je le chantai et découvris qu'il me fallait mon piano pour reconnaître les notes. Je n'étais pas trop bien fixé non plus quant à la mesure. Un découragement me vint en constatant que, même devant l'instrument, ma mélodie restait imprécise et que mes efforts demeuraient vains.

J'ajournai ma composition à une époque de plus grande liberté, après les examens, donc, à Neuchâtel, où j'emploierais mes loisirs à étudier l'harmonie.

Et ce moment redouté approcha. Nous avions travaillé tout le programme. M. Florent se déclara satisfait et nous entretint de ses projets, car le pauvre homme s'inquiétait. Les années passées sous le toit de grand-père lui avaient semblé douces ; il craignait toutefois qu'elles ne l'eussent rendu impropre aux difficultés possibles de son avenir. En en parlant il disait : « Je ne l'ai regardé que d'un œil, comme le monsieur Vieuxbois, de Tœpffer, et encore n'est-il pas certain que cet œil fût grand ouvert. » Mais grand-père le rassurait et chantait à tue-tête tous ses vieux refrains. Une belle fois, nous apprîmes que M. Florent resterait, et qu'il remplacerait M. Landrizon en qualité de secrétaire. Ce fut une journée touchante. On entendit notre maître parler tout haut et tout seul dans sa chambre. Il alla jusqu'à fumer l'une de ses pipes de porcelaine peinturlurée.

Parfois l'on surprenait grand'mère seule, ses lunettes posées sur son livre, les mains inoccupées et les yeux rouges.

Chapitre XIX

Avril. Au bout des branches surgissent les bourgeons gluants et, ci et là de petites feuilles plissées, comme des éventails fermés. On laboure les champs ; les primevères poussent dans les prés et les crocus à la lisière du bois. Il fait tiède et de très épais nuages fuient à travers un ciel toujours lavé de neuf. On sent le printemps qui passe dans le vent avec toutes ses odeurs fines de jolie demoiselle parfumée. Puis, brusquement, tout s'assombrit, la pluie tombe, glaciale, mêlée à la neige qui tournoie et l'on tremble pour les arbres fruitiers, pour la vigne, pour les espaliers, pour toutes ces frêles vies commencées.

Avril, notre dernier mois dans la vieille maison, mois qui verrait tant d'heures importantes, nos adieux, notre départ, nos examens. J'éprouvais des émotions mélangées : une nostalgie pressentie, des craintes et aussi une curiosité secrète, un attrait pour l'existence promise, la liberté, la vie de jeune homme. Nous marquions les jours sur nos agendas. Il n'en resta bientôt plus que huit.

Je pris ma dernière leçon de piano. Elle fut longue. Mlle Georgine, à ma demande, joua deux Nocturnes, la Sonate du clair de lune et le Carnaval de Schumann. Avec quels délices je regardais courir ses mains pâles sur le clavier ! J'aimais surtout *Valse Noble*, *Eusébius*, *Chopin* et *Promenade*.

Assis dans le fauteuil de velours vert, mes yeux allaient des éventails, des photographies épinglées sur les murs aux cheveux flambants de Mademoiselle. Toujours, dans les grands moments d'émotion, j'associais spontanément à la voluptueuse souffrance intérieure les détails du décor environnant. Je n'ai rien connu de plus doux que cette musique jaillissant sous ces doigts blancs, dans cet humble salon. J'avais envie d'embrasser Mademoiselle au coin de ses belles paupières un peu fripées ; j'avais envie de la serrer dans mes bras ; j'avais besoin d'entendre résonner encore l'amoureuse phrase de *Chopin* qui me tordait le cœur de plaisir. Elle joua *Promenade*, *Estrella*... Où retrouverais-je une amie si douce, si bienveillante ? Elle avait une voix tendre et, quand elle riait, la tête renversée comme une petite fille, je voyais ce beau cou s'enfler. Elle joua la *Marche des Davidsbundler*... Et voilà, ce fut tout.

Je me levai. Je lui remis une enveloppe qui contenait ses honoraires. Elle vint avec moi jusqu'à la porte. Elle dit : « M'écrirez-vous une fois ? » Je répondis bêtement : « Mais oui, Mademoiselle, je vous écrirai si j'en ai le temps. » Elle me tendit sa main toute tiède d'avoir joué si longtemps et je dégringolai l'escalier à la hâte parce que je sentais de toutes petites brûlures me piquer les yeux.

D'une haleine je courus chez mon oncle. Il fallut qu'il ouvrît son piano et qu'il jouât. Il choisit mon morceau de prédilection : la sonate en *la*. Et alors, presque tout de suite, la crise redoutée éclata. J'eus beau enfoncer mon mouchoir dans ma bouche, les sanglots me soulevaient ; j'étais tout en sueur ; les larmes salées me roulaient sur les lèvres ; je m'abandonnai complètement, indifférent à toute pudeur, incapable de maîtriser cet orage subit ; je criai presque tandis que solennels, lents, retentissaient les accords de la marche funèbre. Mon oncle ne s'étonna pas, ne s'interrompit pas, ne se retourna pas. Il alla jusqu'à la fin du morceau. Puis, s'étant levé, il se promena par la pièce comme si c'eût été tout naturel qu'un grand garçon se trouvât effondré sur son canapé, le corps encore secoué de hoquets nerveux. Il laissa passer du temps. Enfin, me jugeant calmé, il demanda simplement :

« Quand pars-tu ?

– Mardi prochain.

– Eh bien va, mon enfant, et que Dieu te garde ! »

Nous n'eûmes pas besoin d'autres paroles pour nous comprendre. Sur le seuil de sa porte, il prit ma main et la serra fortement.

« Sois brave et honnête dans la vie. Tâche d'être fort. Travaille. N'oublie pas que je compte sur toi. »

Je m'éloignais à travers l'obscurité de la place lorsque jaillit, tout en haut des tours de la cathédrale, la sonnerie du carillon, puis tombèrent un à un les coups de l'heure morte. La grosse voix de bronze résonna longuement parmi les murailles. Alors je fus repris par une intense confiance dans la joie et dans la Providence. Maintenant allaient s'ouvrir réellement les belles années sérieuses de la jeunesse, et je rêvai, presque avec plaisir, au proche lendemain dans la petite ville inconnue.

Le lundi, chacun de nous emplit sa malle neuve de ses effets, de son linge, des petits objets qu'il voulait emporter. Et cela se fit très vite, pour s'empêcher de penser. Grand'mère venait voir de temps à autre si nous n'oubliions rien. Elle demandait : « Avez-vous pris vos Bibles ? », deux belles Bibles neuves, à tranches dorées, où elle avait inscrit nos noms à la première page, avec un verset tiré des Apôtres, soigneusement choisi selon nos caractères. C'est ce soir-là qu'il nous fallut faire nos adieux au fermier, au jardinier et à toutes les choses de la campagne. Nous avions une vieille bonne qui pleurait et qu'on rencontrait à tout instant dans les escaliers, pressant son mouchoir sur sa figure. Je retournai encore au port ; j'allai passer ma main sur la coque dévernie de l'*Ibis* et je m'enfuis en courant quand la cloche de l'angélus commença de tinter dans la nuit tombante.

Ainsi c'était la fin, l'amère fin, l'horrible fin…

Il y eut encore la petite moitié du mardi matin avec cette pauvre grand'mère toute diminuée, toute cassée, mais héroïque et sans une larme. Grand-père, pauvre vieux, chantait des refrains d'étudiant pour nous donner le change, s'imaginant qu'on ne lisait rien sur son visage.

La voiture s'avança. M. Florent, qui nous accompagnait à Neuchâtel, y prit place entre nous deux. Les vieillards agitaient leurs mouchoirs sur le seuil de la maison.

Chapitre XX

Neuchâtel, aimable et studieuse cité qui rêves au bord de ton lac triste ; Neuchâtel aux maisons de pierre jaune où reste prisonnière la chaude lumière des coteaux du Jura ; petite ville écartée où l'on sonne encore le couvre-feu, ville des pensionnats de demoiselles, ville des étudiants aux casquettes multicolores, ville de silence, ville passionnée, je revis, en songeant à vous, les heures délicieusement amères de ma jeunesse !

La maison du professeur est sur la grande place, avec sa façade dorée et ses petites fenêtres. Un peu plus loin, l'hôtel de ville et sa colonnade de temple grec, l'hôpital aux croisées fleuries, et les deux rues principales, l'une qui s'enfonce dans le quartier actif et l'autre, l'élégant faubourg, bordé de vieilles demeures et de jardins. Au-dessus de ces toits centenaires s'étage, au flanc de la montagne, la ville neuve : bâtisses isolées et claires, hospices, retraites de petits rentiers paisibles, les villas « Mon désir », les villas « Mon Idée », les villas « Mon Repos ». Et tout en bas, devant la maison du professeur, sont le port, les quais, et la longue promenade avec l'école des jeunes filles, le Collège Latin, l'Académie.

M. Florent était reparti après les examens. Son visage aux traits mobiles exprimait, le jour de son départ, le conflit qui divisait son âme candide : la joie de notre réussite à tous deux et le chagrin de la séparation. Il nous invita pour déjeuner à l'hôtel du Soleil et nous fit boire un vin blanc du pays, le « surlies », qu'il fit mousser dans nos verres en tenant très haut la bouteille et qu'il but avec une gravité d'amateur. Il nous offrit des cigarettes, du café, pronostiqua que nous ferions de bonnes études si nous continuions à suivre ses méthodes de discipline intellectuelle, et, comme il avait un certain goût pour le discours, il nous lut quelques pages composées avec soin, écrites avec recherche, dans lesquelles il résumait ses conseils en d'adroites formules.

Puis il nous remit entre les mains du professeur Mandrel et ce dernier ami de chez nous s'en alla, emportant à son insu un lambeau de notre cœur.

Alors voici qu'une seconde vie commence dans ce nouveau pays, au bord d'un lac inconnu.

Mille détails que d'autres ne verraient pas mais qui, pour nous, étaient des découvertes : les classes, ces grandes classes d'écoles publiques, leurs pupitres où chaque occupant a gravé son nom ; les camarades aux figures mauvaises ou bonnes, les amis qu'on choisit presque tout de suite et qui sont assis par-ci par-là, suivant les hasards de l'ordre alphabétique ; les maîtres, ceux qu'on aime du premier coup et les « mauvais », dont on se méfiera jusqu'au bout ; enfin cette fameuse liberté dont grand-père parlait tant et qui voulait dire : permission de fumer après les cours, permission de se promener en ville, permission d'aller au café, permission de jouer au jeune homme !

Chez le professeur Mandrel, nous occupions chacun une chambre, mon frère et moi. J'avais obtenu de grand-père l'autorisation de louer un piano. J'affichai contre les murs toutes sortes de gravures, de photographies, et même de petits éventails japonais, comme Mlle Georgine. Sur le piano je plaçai un buste en plâtre de Beethoven, acquis dans un bazar. Mes livres d'études s'alignaient sur une étagère et ma table de travail était devant la fenêtre.

Comme elles furent longues et pleines, ces premières semaines, avec toutes leurs révélations, leurs surprises et leurs enchantements !

Chaque journée apportait sa petite moisson. Pendant les cours, nous nous appliquions, nous, les quelques nouveaux, parce que nous en étions encore à penser que le meilleur moyen d'épater les anciens serait de prendre les premières places dans la classe. On nous fit bientôt voir que ce calcul était mauvais et que tout zèle est méprisable. Des fils de paysans, aux grosses joues rouges, passaient leurs récréations à préparer la leçon prochaine, les poings dans les oreilles pour mieux s'isoler. Les élégants se tenaient ensemble, se préoccupaient de leurs toilettes et se montraient leurs mouchoirs de couleur. Un ou deux avaient des goûts littéraires et commentaient à perte de vue certains ouvrages dont le titre et les auteurs m'étaient inconnus. Un autre faisait collection de fossiles et voulait me gagner à sa manie. Un garçon de la montagne me montra ses cahiers tout remplis de dessins extravagants qui rappelaient de loin une feuille, des pommes de pin, des fleurs étranges, et il me confiait ses recherches : « Ça, mon vieux, c'est du moderne, c'est du raide, du fauve ! Vivent nous et à bas les pompiers ! » J'appris ce qu'est un « pompier » et ce que rêvait le jeune homme de la montagne. Je m'ébahis devant la passion du collectionneur de fossiles et j'allai voir chez lui, minutieusement étiquetés dans des cartons, les ammonites, les zoolithes, les oursins qu'il avait recueillis. J'achetai les romans dont parlaient certains camarades et je les avalai, parfois en une seule nuit, tellement cette révélation m'éblouit.

Le professeur Mandrel lui-même me prêta des livres. C'était un admirateur du grand siècle et du grand roi. Il en parlait doctement, en termes choisis, et je lus pêle-mêle Racine et Paul Bourget, La Bruyère, Stendhal, Maupassant et Verlaine. il me faisait entrer dans sa bibliothèque, le soir, après dîner. Je fumais avec désinvolture du tabac d'Orient tandis que le professeur savourait de noirs cigares mexicains tout en devisant littérature. Il avait des vues élevées et nettes, une documentation précise, un sourire aimable et joyeux.

Et l'aspect toujours étonnant de cette ville avec les murs jaunes de ses maisons et de ses édifices publics, qui la font différente de toutes les autres et la rendent lumineuse en toutes saisons, sous tous les nuages ! Son peuple cérémonieux, un peu pédant, un peu prétentieux, mais bonhomme, généreux et sans malice. La rue du Seyon. La rue des Épancheurs. Le jardin public où l'on tient captives quelques bêtes : des chamois, des singes et des perroquets. Les quais, puis, au delà, le lac...

Il fallut en faire la connaissance au premier jour de congé. Dans le port vivotait un loueur de bateaux ; il me proposa son unique voilier : le *Zéphyr*, un méchant canot, incommode, mal gréé, muni d'une voile sordide. Comme j'évoquai les blancs cordages de l'*Ibis*, ses poulies huilées, ses cuivres astiqués, sa toile éblouissante !

Chapitre XX

Je sortis hors des jetées. Mais qu'il est différent du nôtre, ce lac désert, et large, et monotone, sans presqu'île, sans golfe, sans imprévu ! Comme il me parut étranger ! On devinait, sur l'autre côte, de rares villages. À un bout devait se trouver Yverdon, à l'autre le canal de la Thielle, qui relie les lacs de Neuchâtel et de Bienne. Mais je ne savais ces choses que par ma géographie et par les récits de M. Florent.

Les eaux sont grises, ou mauves, ou vertes. Elles n'ont jamais ce bleu du Léman, personne n'y navigue pour son plaisir. On voit quelques barques à voiles carrées, deux ou trois vapeurs aux lignes désuètes, et c'est tout. Avec quel étonnement j'examinai le détail de ce lac sans marins et sans vie ! Au long de la côte neuchâteloise, des murs, et, au-dessus, des vignes, toujours des vignes avec leurs armées d'échalas. Sur la rive opposée, des forêts en longues masses horizontales, mais si lointaines que je désespérai d'y parvenir jamais. Entre deux, l'étendue grise ou bleu-ardoise, si calme qu'on pouvait suivre jusqu'à l'horizon le sillage d'un vapeur, semblable à un ruban de moire déroulé. Une mouette cria sa note plaintive.

Après bien des mois seulement, après le premier automne, je compris le charme nostalgique d'un tel paysage. Parce que tout ce qui est profond ne se livre pas tout de suite. Il faut apprendre à aimer.

Ainsi ce morne lac me devint cher et peut-être plus proche que l'autre, avec toute sa lumière. Mais d'abord il me fut incompréhensible. Le *Zéphyr* me portait indifféremment du côté d'Auvernier ou vers Saint-Blaise. Toutefois, un plaisir restait égal à lui-même, celui du vent, de la voile tendue et ronde, du silence et de la liberté.

Les dimanches, puis plus tard, par les longues soirées de printemps, j'allais trouver le vieux loueur et son vieux bateau. Je détachais l'ancre, je partais vers le large, emportant mes livres, l'esprit tranquille malgré mes devoirs inachevés. Aucun de mes amis ne voulait m'accompagner. Et d'ailleurs, je le préférais ainsi, car je n'aimais à être distrait ni dans mes lectures, ni dans mes rêveries. Je sus des poèmes par cœur. Je lus *Le Rouge et le noir*, *Madame Bovary*, *La Nouvelle Héloïse*. J'avais de longs cheveux, un gilet de velours et quelques poils de moustache.

Mon professeur de piano, M. Grinche, se déclarait mécontent, car je ne m'astreignais plus volontiers à de fastidieux exercices. C'était du reste un homme qui eût fait un meilleur notaire qu'un bon maître de musique. Il avait peu d'enthousiasme et l'esprit méticuleux. Je le quittai, ayant découvert un artiste bohème et charmant. Nous discutions ensemble des plans de compositions, des projets pour l'avenir. Il me jouait pendant des après-midi entiers mes pièces favorites.

Comme il faisait sa partie de violon dans l'orchestre, j'assistais aux répétitions des Concerts d'abonnement. Je me formai à la musique instrumentale sous sa direction et me plongeai dans l'étude de l'harmonie, qui me parut aussi ardue que les mathématiques. Cela me mena presque jusqu'aux grandes vacances. Un soir, il m'emmena à la Société Chorale où je fus inscrit parmi les barytons. On chantait une messe de Bach.

« Elle » était là, sur les gradins, en face de nous, au milieu du groupe des soprani. Elle avait des tresses blondes et un beau visage allongé. Je demandai son nom. Quelqu'un me le dit et il me parut plus doux que tous les autres noms de femme. De temps à autre ses yeux glissaient sur nous, ou bien elle riait avec sa voisine, ou bien, en chantant, elle levait un peu la tête. Elle avait noué dans ses cheveux un gros ruban de satin noir.

Par les belles soirées, la population entière se promène sur les quais. Cela forme un cortège à double courant où, régulièrement, passent et repassent les mêmes personnes qui se saluent à chaque rencontre avec cérémonie.

Comme elle était la sœur d'un de mes camarades, une fois qu'elle se promenait avec lui sur les quais, j'inventai quelque prétexte pour l'arrêter. Il me nomma ; elle me tendit la main. Puis je les accompagnai sans rien dire et elle aussi se taisait. Lui seul parlait. Il trouvait mille choses à raconter. Mais moi je tâchais à me souvenir de tout, de sa chevelure, de sa bouche, de son sourire, de la robe qu'elle portait... Elle vit que je la regardais et je rougis en même temps qu'elle.

Chapitre XXI

Enfin le temps des vacances !

Elles nous ramenèrent auprès des grands-parents, dans la bonne maison. Je revis le cher lac joyeux, les bateaux et toutes les figures connues. Je revis l'oncle Paul toujours enfermé avec ses livres et ses partitions manuscrites. Mais je ne savais plus retrouver mon bonheur intime ; à tous plaisirs se mêlait une tristesse confuse. Il y avait comme une désolation dans les choses, une solitude accablante.

Cette mélancolie, pourtant, m'était amie et je goûtais, à cette rudimentaire analyse sentimentale, une volupté précieuse. D'autres ignorent la cause de leurs inquiétudes. Moi, non. Je savais. C'était ce beau visage allongé, ce sourire pur, ces prunelles sérieuses. Quoi encore ? Peut-être un regard qu'elle m'avait donné ; peut-être une fraction de pensée qui nous avait traversés ensemble, au même instant, là-bas, sur les quais. Émois minimes : rêveries sans fin et sans mesure.

Tout vivait par elle. Des significations nouvelles jaillissaient de partout, comme des clartés. Mes livres en étaient transformés ; les poèmes que j'aimais s'approfondissaient, prenaient une vérité singulière, insoupçonnée jusqu'ici ; mais la musique surtout m'apportait une souffrance aiguë, lancinante, une souffrance sans nom. Elle creusait en moi des plaies profondes. Le doux andante de la *Sonate pathétique*, un Quatuor de Schumann, le Nocturne 18 en *mi* majeur de Chopin, le *Peer Gynt* de Grieg, ces ouvrages, je les prenais sans cesse parce que maintenant leurs voix étaient toutes différentes. Elles aussi parlaient ce langage que j'apprenais. D'elles à moi se nouait un lien nouveau. Tout ce qui avait été fantaisies vagues, bercements, couleurs, devenait autrement plus personnel et plus poignant. Là où je n'avais vu que paysages, se montrait soudain une face humaine. Découverte importante. La face humaine, l'homme, à l'arrière-plan de son œuvre ; l'homme puissant, souffrant, exprimant sa foi. Je tournais les pages du cahier, je revenais en arrière, je retournais aux mêmes notes, je reprenais dix fois les mêmes mesures. Elles contenaient mes enchantements et mon mal.

Alors je me remémorai les paroles de mon oncle : « Tu verras, si tu aimes la musique, à quelles sources tu pourras goûter. Tu y puiseras la force, la joie, les résignations… » Et ces promesses me paraissaient certaines, sacrées, tenues.

Bien d'autres heures m'encombraient encore : les études, les obligations, les détails de l'existence, toutes ces choses… Mais que je regarde mon vrai moi, que je m'examine tout net, moi, Jean, élève de IIIᵉ du Gymnase de Neuchâtel, petit jeune homme en vacances, et je ne vois que ce premier amour, pur, religieux, noble et fort comme la musique elle-même. Et c'est assez pour me bâtir une forteresse idéale où j'erre, enfermé avec des êtres imaginaires, avec un être surtout qui m'est livré et dont je suis l'esclave.

À l'automne, je la revis.

J'existai sans savoir comment, pour cette sombre fleur d'amour qui buvait à elle seule toutes mes forces. Quand on cherche à se souvenir d'une souffrance, évoque-t-on autre chose qu'une longue série de journées indifférentes au fond desquelles vacille une même obsession ?

Sur le lac, le brouillard tendait un mur infranchissable à travers lequel on percevait, aux heures de l'horaire, le son d'une trompe. C'était un bateau qui signalait sa route. Il semblait que cela fût bien loin, en pleine eau, comme l'appel d'un vaisseau en détresse. Mais subitement une tache noire se formait dans l'épaisse muraille et l'on voyait surgir une proue, une cheminée, la passerelle du timonier.

Comme il ne souffle aucune brise en cette saison, je louais une péniche à rames et m'enfonçais à longues tirées dans la brume humide. Il n'y avait bientôt plus autour de moi que ce rideau opaque et, au milieu, un trou gris où glissait l'embarcation. Tout à coup la trompe sonnait son appel d'alarme et je n'aurais pu dire si c'était au nord, ou au sud, ou ailleurs. Les mains sur les rames, j'attendais. Quelque part, proche ou loin, des palettes tournaient prudemment. Il m'arrivait de souhaiter que se dressât devant moi le gros avant de fer. Alors je ne bougerais pas, je m'étendrais sur les payots et, dans ce brouillard, personne ne me verrait. Ce serait vite fini. L'eau vous prend, vous recouvre… Tout s'efface.

Mais, après ces crises, une réaction violente me relevait. J'empoignais les avirons ; je me sentais robuste et jeune ; j'avais besoin de dépenser ma force. Enfin, vers midi, le soleil perçait, dégageant, par larges trouées, la côte, les vignobles et la lointaine Collégiale ; je tournais ma barque vers le port et il me semblait que je venais seulement d'échapper à quelque énorme danger.

Par un floconneux matin de novembre, le professeur Mandrel nous remit une dépêche : on nous attendait tout de suite à la maison, grand-père était gravement malade.

Je nous revois, Edmond et moi, dans ce wagon qui nous emportait vers Genève en s'arrêtant partout à de petites stations inutiles. Nous occupions chacun notre coin, près d'une fenêtre. Dans les gares, il y avait beaucoup de gens qui riaient ou qui sortaient des buffets, rouges, et se bousculant. Ce devait être un dimanche. Je me souviens d'un groupe de jeunes gens arborant des cocardes et chantant des refrains patriotiques. Nous ne parlions guère. Seulement, de temps à autre, l'un de nous disait à voix basse : « Crois-tu qu'il soit déjà mort ? » Et cette pensée devenait une lente certitude à mesure que le train s'approchait de chez nous.

Chapitre XXII

Grand'mère nous tint longtemps serrés contre elle sans pouvoir dire autre chose que « pauvres petits, mes pauvres petits » tandis que les larmes roulaient sur ses joues blanches, ces larmes qui devaient couler si souvent pendant les années suivantes jusqu'au jour où, ayant creusé deux sillons dans son visage fatigué, elles tarirent pour jamais. Lorsqu'elle put parler, elle nous dit la courte attaque de grand-père, la veille au soir, son agonie, ses derniers moments.
Elle ajouta :
« Il est là-haut, si beau et si paisible sur son lit ; je ne me lasse pas de le regarder. Il vous faut monter avec moi. »
Grand'mère avait repris tout son calme. Elle gravit l'escalier en respirant un peu bruyamment, à son habitude, et chacun de nous la tenait par un bras. Devant la porte, elle s'arrêta un instant pour reprendre son souffle. Puis elle entra dans la chambre qui était à demi obscure, à cause des volets fermés. Mais au bout d'un instant nos yeux s'accoutumèrent.
Il était couché, les bras allongés, la tête un peu jaune sur les blancheurs de l'oreiller, et sa chère figure à peine changée. Nous ne l'avions jamais vue si sévère ni si mince. Debout au pied du lit, nous restions immobiles, parce que nous voyons pour la première fois un mort. C'est en même temps quelque chose de très grand et de très épouvantable. C'est encore une forme humaine et pourtant ce n'est plus rien, pas plus que le lit sur lequel cela repose, pas plus que la lampe au coin de la table.

Grand'mère arrangeait les draps. Elle remonta un peu l'oreiller ; elle nous dit : « embrassez-le », et nous l'embrassâmes sur le front, qui était dur et sec comme une pierre. Par moments on pouvait supposer qu'il dormait et qu'il s'éveillerait ; je crus l'entendre respirer ; ses paupières ne semblaient pas tout à fait abaissées, comme s'il nous observait par-dessous, à travers ses cils. Ses pauvres vieilles mains ridées gardaient encore leur aspect affairé, laborieux, et il restait une tache d'encre à l'un de ses doigts.

Voici grand-père mort sur son lit et nous, ses petits-enfants, nous allons continuer à vivre à sa place, comme il a vécu à la place de ses ancêtres. Une force nous pousse en avant vers cet avenir que personne ne devine et qu'on ne fixe jamais, puisqu'il n'y a pas de présent. Il n'existe que l'avenir et le passé. Au bout de tout avenir est la mort. Et après, qu'y a-t-il ? C'était sans doute la première fois que je me posais ardemment et avec anxiété cette question. Auparavant, je n'y pensais guère. Grand'mère seule en parlait quelquefois, et puis le pasteur, du haut de la chaire, le dimanche. Mais grand'mère n'aimait pas à creuser ce problème. Depuis toujours elle croyait ; elle croyait à tout ce qui est rapporté dans la Bible, en commençant par la Genèse et jusqu'à l'Apocalypse. Elle devait retrouver dans le ciel tous ses morts bien-aimés, et c'est pourquoi elle nous disait ce jour-là :

« Voyez comme il a l'air heureux ! »

Nous ne pouvions détacher nos yeux de ce visage immobile qui occupait notre mémoire aussi loin que rebroussaient nos souvenirs, et je me demandais avec angoisse : « Qu'est-elle devenue, l'âme de grand-père ? Qu'est-elle devenue ? »

C'était comme une partie de moi-même que je cherchais, qui venait de m'échapper, de mourir en même temps que mon aïeul, quelque chose d'indéfini qu'il emportait dans le mystère.

Ensuite grand'mère nous montra ses habits, jeté sur une chaise : « … ceux qu'il portait hier, dit-elle. Voici sa montre qui marche encore… » Et en effet, lorsqu'elle fut posée sur la table, on entendit battre son petit cœur pressé.

Il y avait partout des objets à lui : des mouchoirs sur tous les meubles, quelques feuilles de notes, des boîtes de plaques photographiques, des clés.

Grand'mère reprit :

« Tu comprends, hier, vers cinq heures, il ne se sentait pas bien ; il monte. Il se plaint de vertiges. Et le voilà qui tombe en avant, sur ce fauteuil… »

Il fallut descendre. En bas affluaient déjà toutes ces visites qui viennent quand il y a un mort dans une maison.

La nuit, nous veillâmes le corps, mon oncle et moi. Il s'était mis près de la lampe, pour lire, et moi en face de lui, dans un fauteuil, avec une couverture sur les jambes. De temps en temps je m'endormais, puis je me réveillais brusquement : « Mais qu'est-ce qu'il y a, me disais-je, qu'est-ce que je fais ici ? » Alors la chose me traversait le cœur comme une pointe, et, en levant un peu la tête, j'apercevais sur le lit la forme exiguë. Parfois un chien aboyait quelque part, au fond de la campagne, ou bien j'entendais le petit bruit intermittent que faisait mon oncle en tournant les pages du livre. Après bien longtemps il s'endormit aussi et je veillai seul ces deux frères.

Au matin, des hommes vinrent mettre le corps dans le cercueil et on le descendit dans le salon pour le culte. Le pasteur arriva le premier, ensuite les parents, les amis et toute la foule. Nous étions assis près de la porte avec grand'mère et mon oncle.

À travers mes larmes je reconnus bien des bonnes figures : M. le Président de « La Nautique », M. Riboulet, le propriétaire du *Vanneau*, des matelots, l'Amiral, qui tournait sa belle casquette dans ses doigts ; Filion, des gens d'Yvoire et de Nernier, tous mes chers marins d'eau douce. Beaucoup pleuraient comme s'ils eussent perdu une personne de leur famille. Le pasteur prit pour texte de son allocution ces premiers vers d'un cantique :

Matelots en voyage
Vers le bord éternel…

Au milieu du silence, quelqu'un, derrière nous, sanglota avec bruit s'écriant : « Mon bon Monsieur, mon bon Monsieur ! » Grand'mère murmura : « C'est ce pauvre Filion » et il était plus proche de notre cœur que bien d'autres.

Ensuite, on partit pour le cimetière. Sur la tombe un inconnu fit un discours au nom d'une société de savants ; un autre encore parla. Mais je ne sais pas ce qu'ils dirent. Je regardais fixement devant moi. Je vis qu'on avait beaucoup de peine à descendre la bière ; il faut croire qu'elle était bien lourde. Je me souvins de grand-père disant : « Et maintenant je vais vous conter l'histoire du canard et de la ficelle. »

Alors je compris subitement que c'était mon enfance qui venait de mourir avec ce cher mort ; c'était mon enfance qu'on venait d'ensevelir et que les fossoyeurs recouvraient de terre, cette belle enfance insoucieuse et toute traversée de soleil.

Désormais nous serions plus réellement orphelins, aux côtés de la pauvre aïeule sans force. Il nous fallait devenir des hommes de bonne heure, car il nous restait un devoir à remplir, un grand devoir de jeunesse. Mais aujourd'hui nous avions encore le droit d'être des enfants, de pleurer toutes nos larmes, et je ne voyais plus qu'à travers leur brouillard ces amis qui passaient devant nous tête nue sur deux rangs. On entendait un piétinement sur la petite route du cimetière, une cadence solennelle marquée par tous ces vivants.

Lorsque la noire voiture nous ramena dans le parc, le jardinier qui travaillait chez grand-père depuis quarante années marcha auprès de la portière jusqu'au perron de la maison. Puis il secoua nos mains fortement, sans trouver de parole. Comme un muet il tira de son gilet une belle montre d'or qu'on lui avait donnée depuis peu et il la tint suspendue devant nos yeux, au bout de sa chaîne. Mais nous lui savions gré de n'en pas dire davantage.

Je traversai le salon désert et m'arrêtai devant le portrait de la petite dame en velours bleu et devant celui d'Alexandre-Jérémie, à l'étrange grimace.

Des morts, rien que des morts, des morts qui ont peuplé la bonne maison...

À ce moment mon oncle parut, mon oncle qui serait un mort bientôt, lui aussi. Il vint me prendre par le bras.

« Allons, me dit-il, tu as besoin de te retremper dans le calme et dans le silence. La mort n'est rien, c'est la vie seule qui compte. »

Nous descendîmes vers le port. Mais j'éprouvai tout à coup, devant le canot tiré sur la grève, la nécessité de me trouver seul, parfaitement seul avec moi-même, seul avec le lac. Mon oncle me comprit – lui qui toujours me comprit si bien – et il me fit signe de la main : « Va ! »

Je poussai l'embarcation et saisis les rames…

Chapitre XXIII

Et d'abord la terre s'éloigne, le coteau s'abaisse, et il n'y a plus qu'une chose qui grandisse : c'est le lac.

Le voici en peu d'instants tout autour du bateau, et il gagne toujours pendant que je rame, il envahit, il nous reçoit moi et ma barque, il nous cache aussi bien qu'une forêt, car qui pourrait reconnaître maintenant, tout au large, ce petit point mouvant et confus ? Il grandit encore, il ouvre son horizon plein d'aventure. La rumeur des villages, la rumeur terrestre vient se perdre ici où triomphe seulement la noble solitude. Elle domine tout, elle enveloppe, elle traverse, elle est chargée de voix miraculeuses.

Voix miraculeuses, je vous attendais !

Ce ne sont plus ces voix qui me courbaient vers mon enfance, ni celles que, depuis une année, j'écoutais avec l'avide mélancolie des adolescents ; ce sont les fortes, les guerrières, celles qui me jettent en avant vers ma jeunesse et vers mes projets. Est-ce autour de nous, dans la nature, qu'on trouve ces ardeurs ? Ou plutôt ne vivent-elles pas en nous pour jaillir comme un bel essaim tourbillonnant dès que l'on ouvre son cœur, semblable à une ruche ? Oui, c'est ainsi, et je l'ouvre tout grand, ce cœur, en cette importante journée de novembre où l'on a descendu le corps de grand-père dans sa tombe. Rien ne meurt de ce qui a été vraiment vivant. La pensée de mon aïeul, et sa volonté, et une partie de ses espoirs, je les sens qui poussent en moi leurs racines. Ma part de responsabilité, je l'assume avec confiance devant cet antique paysage qui a recueilli tant de nos rêveries vagabondes.

Je pressens que ma douleur sera passagère.

Je me souviens aussi des résolutions que j'ai prises et que je suis fier de sentir inébranlables. Une foi m'a été donnée par un autre vieillard qui a vécu pour elle dans l'isolement et dans l'enthousiasme. Cette foi, jusqu'ici, ne m'a été qu'une source d'enchantements. Mais il semble que la blessure de ces derniers mois, mon éclatante et bien-aimée blessure, l'ait rendue plus sérieuse, plus nécessaire. Un lent travail s'accomplit, une métamorphose que j'ignore et que, cependant, j'envisage sans crainte, car ma volonté est ferme, mes bras sont robustes et je veux être digne des grands exemples qu'on m'a montrés.

« Par la souffrance vers la joie », disait Beethoven.

Par la souffrance... Il faut donc penser à vous, amie proche et lointaine qui, certes, ignorez tout de mes ardeurs ! Oui, sans doute, il faut penser à vous et vous associer à ce deuil. Aussi bien, pourrais-je m'en empêcher ? N'êtes-vous pas présente aujourd'hui comme vous l'étiez hier ? Ne tournez-vous pas vers moi votre beau visage insensible où je n'ai jamais su voir qu'un sourire ingénu ? Que sais-je de vous ? J'ignore si vous aimez le silence, les crépuscules, et l'automne rouge et gris. J'ignore les livres que vous lisez et la musique qui touche votre cœur. J'ignore même la couleur de vos yeux. Ferez-vous, ce soir, l'habituelle promenade au long des quais pleins de monde ? Aurez-vous remarqué seulement que j'étais absent ?

Je pense à vous, amie, et mon chagrin devient lourd et serré dans ma gorge.

De nouveau, le canot glisse. Il approche de la côte grandissante. Bientôt, sous le peuplier, je distingue un petit point noir, et c'est mon oncle, mon cher vieil oncle qui m'attend. Alors je rame plus fort pour l'avoir plus vite rejoint.

Du bout des avirons je creuse des trous tout de suite comblés, où l'eau tourbillonne et s'enroule sur elle-même. Ainsi le sillage du canot persiste un instant, puis s'efface. Que de fois grand-père, sur l'*Ibis,* a creusé semblables sillages d'un bout à l'autre du lac indifférent ! Qu'en reste-t-il ?... Pas plus que n'en laissent les nageoires d'un poisson ou la patte d'un cygne.

1912

ISBN : 978-3-96787-386-3

Lightning Source UK Ltd.
Milton Keynes UK
UKHW011023180123
415553UK00004B/293